把生活过成你想要的样子

林默 著

华龄出版社
HUALING PRESS

责任编辑：薛　治
责任印制：李未圻
封面设计：颜　森

图书在版编目（CIP）数据

把生活过成你想要的样子 / 林默著. -- 北京：华龄出版社，2018.12
ISBN 978-7-5169-1417-5

Ⅰ. ①把… Ⅱ. ①林… Ⅲ. ①散文集 - 中国 - 当代 Ⅳ. ①I267

中国版本图书馆CIP数据核字（2019）第015779号

书　　名：把生活过成你想要的样子
作　　者：林默　著

出 版 人：胡福君
出版发行：华龄出版社
地　　址：北京市东城区安定门外大街甲57号　邮编：100011
电　　话：010-84044445　传真：010-84049572
网　　址：http://www.hualingpress.com

印　　刷：三河市东兴印刷有限公司
版　　次：2019年11月第1版　2019年11月第1次印刷
开　　本：880 × 1230　1/32　印　　张：7
字　　数：170千字
定　　价：36.00元

（如出现印装质量问题，调换联系电话：010-82865588）

序言

PREFACE

我们要努力活得丰盛

很多年以前，我第一次踏上旅程，对任何事情都充满期待。

坐在我邻座的是一位年过六旬的外国老太太。途中，她既没有像其他年老的乘客那样睡觉，也没有翻阅杂志看个不停，而是戴着老花镜在一个牛皮本上一直写东西。最终，我没有忍住好奇心，凑过去小声地问她在写什么。

她轻声地告诉我，她在给丈夫写旅途中的见闻。她的丈夫在去世之前最大的愿望，便是和她一起去世界各地看看，遗憾的是一直没有成行。于是，在他去世之后，她便带着一小袋他的骨灰，到世界各地旅行，并把看到的风景都写下来。她嘱咐孩子们，等到她也去世了，就把这本旅行日记烧给他们。

世界之大，从来不缺乏感动，每一天都有美好的事物，而我有幸去见证。这或许是我一直在路上的原因。我始终相信，每一个在两地之间往返的人，心中都藏着一个故事百宝箱。

忽然记起不知在哪里看到的话：“如果有天我们湮没在人

潮之中庸碌一生，那是因为我们没有努力活得丰盛。”

我有个朋友，是我出差的时候在飞机上认识的。

读小学时，她爸爸患癌症去世了，剩下她和妈妈相依为命。

16岁考入大学，却因为学费问题中途退学。退学后，她开始打工，几年后，她自己又学做服装生意挣了不少钱，在房价不像现在这般奇高无比的时候，咬咬牙狠下心买了一套房子。

那时，她交了一个男朋友，是结婚对象。后来，那个极品渣男不仅出轨，还给她介绍了一个特别不靠谱的供应商，给她的货全是假货。供应商跑路去了国外，她最终只得把房子卖掉才够把钱还给银行。

一夜之间，她回到了原点，一无所有。

后来，她又独自去了西南某个旅游城市，从摆地摊开始了第二次创业。现在，她有了自己的房子、车子和店铺，还有个外国老公和混血女儿。

说起这一路走来的辛酸过往，她点了根烟，纤指间烟雾袅袅，你看不清楚她的表情，只觉得那些岁月，好的，不好的，都发生了化学反应，才让她如此成熟、智慧，又风情万种。

这些过往的伤痛，一个接一个，从不给她喘息的机会，但

好像自愈能力也在悠悠岁月中逐渐变强。不管怎样，是岁月打磨雕刻成了现在的她。

我喜欢，现在的我。说完，她去吧台又要了一杯玛格丽特。

主宰命运的其实是我们自己。我们永远都站在生活舞台的中央，主宰着自己生命的旋律，不管是忧伤还是喜悦，不管是悲凉还是欢愉，这都是岁月给予我们的一种厚爱。

我想，大概每个人都会有很多时候觉得自己被全世界抛弃、被生活亏欠。工作不如意，爱情不顺心，生活很糟心，人际关系复杂到难以应付，情商智商都不够用。总之，有一大波闹心的事此起彼伏地向你袭来，让你永远都看不到顺心的那条边界线。

你时常对生活感到无望，山高水长，怎么都走不过。怀疑自己，怀疑人生是不是就这样子踟蹰不前了。

但其实不是。

岁月会温柔地告诉你，人生不会就这样。只要你勇敢地闯过面前的惊涛骇浪，生活的小船总会驶进平静的港湾。

在那份静谧中，你终将看到自己想要活成的样子。从此，不畏世事变幻，不惧风云再起。

目录

CONTENTS

Part 1

活成自己喜欢的样子

Part 2

你的坚持，终将美好

Part 3

谢谢自己够勇敢

Part 4

所有的遗憾都是成全

Part 5

心有所定，不畏浮世

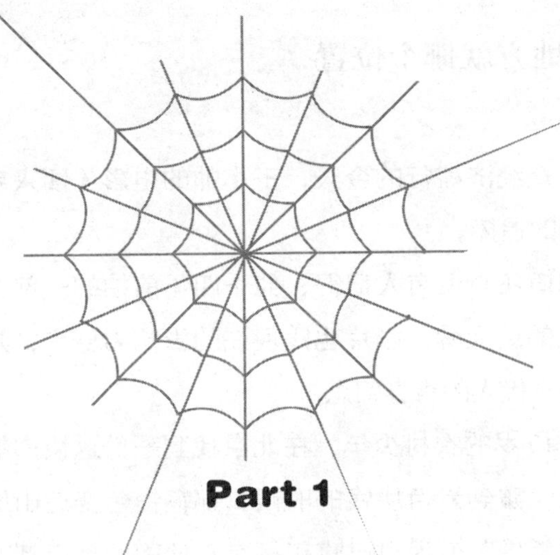

Part 1

活成自己喜欢的样子

只愿我们平凡普通之人，不管是否拥有美貌，是否已在迟暮之年，都不放弃自我，好好经营自己，遇见更好的自己。

站错了地方就挪个位置

在小众经济盛行的今天，王小帅的电影《闯入者》再次受到文艺粉的追捧。

不知道还有没有人记得，他十四年前拍的一部文艺片，演员比现在的更大牌，影片也比现在的影响力更广，几乎没有争议地成为一代人的青春纪念。

一个17岁的农村少年，在北京找到一份送快递的工作。公司许诺他，赚到六百块钱的时候，那辆银色变速山地自行车就可以从“暂借”变为自己真正拥有。他因此每日都非常勤快，可就在梦想即将成真的时候，那部“暂借”的自行车丢了。

现在的孩子连自行车都不骑了，可能很难体会到这种心情。那是一个把山地车当今天的宝马看待的年代。

有这样一群人，把一天能换好几套衣服的漂亮女孩当作城里人的象征，一天三餐能吃上排骨面、喝上红糖水就能满足。那时候北京其实已经有了奢华的样子，而他只能凭借快递工作的特殊性进出那些高级的宾馆、住宅区。

他面对这城市初初显露出来的五光十色，有点儿惶恐不安。不过他不怕，因为他有自己的梦想，那就是拥有一辆真正属于自己的自行车。

仓皇的青春，是车丢了坐在马路边眼里要溢出泪来的无助，是在绚丽的北京夜色中奔跑后急促跳动的心。有的人拥有了很多，还在继续拥有着更多；而有的人已经没什么可失去的了，可是还在一直失去。

北京常年灰蒙蒙的天气，正好应了主人公对生活持有的灰色的心。

北京的街头自行车非常多，特别是非主干道的路上、天桥底下，镜头从马路上的混乱车轮往上拍过去，看不见人脸，也看不见那个在自行车上做了记号，淌着泪下决心要把车找回来的男孩子的脸。

他说：车是我的。他不知道什么哥们义气，不会讲道理，但只认一个理。他从哪里来，为什么要这么辛苦地赚钱，我们一无所知。

当他莫名其妙地被暴打一顿以后，踉踉跄跄地扛起扭曲了的自行车，走过喧嚣的马路，走过众目睽睽的人行道，我想他的心里，除了无助、茫然，更多的是苦楚。他已经有点儿明白这个社会的潜规则，明白有些艰辛其实是没有理由的。

对于苦难的人，仿佛所有的悲剧，都该是你受的，你连反抗的权利都没有。这个现实，多么令人绝望。

你17岁的时候在干什么？

他也17岁，没有规整的校服、皮鞋，不能在宽敞的校园里踢球，不能和大多数同龄人一样，上课时睡觉，下了课去游戏厅。他不能骑着自行车意气风发地在路上吹着风，在拐角遇到喜欢的女生。他卑微得连正面看女生一眼的勇气都没有。

他没有钱，也没有你们嘴里可以挥霍的“青春”，只有眼泪是他自己的，只有一次一次站起来的力气是他自己的。

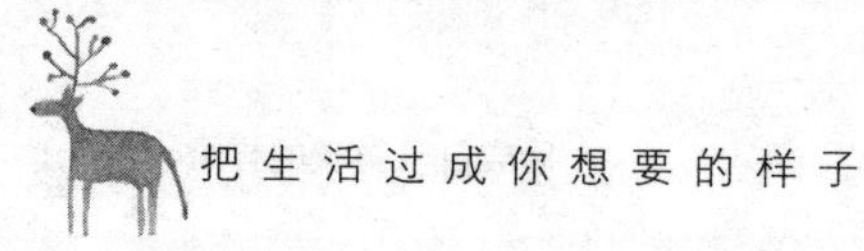

红灯过后，直行的路口又恢复了车水马龙。而这座城市的脸，依旧面目模糊。

这样一个看上去很难引起共鸣的人，其实我们每天都能遇到，其实他就在我们身边，其实他就是我们自己。遇到挫折的时候，那个在灰蒙蒙的天空下不知道往哪儿去的迷茫的身影，是我们自己；无路可走的时候，除了眼泪流下来让自己感觉还存在着的那颗心，是我们自己。

他在我们心里，提醒着我们每一个人，只要你还能站起来，走下去——你拥有的，其实已经足够多了。

我的一个好朋友慧嘉，曾经深陷在一场网恋里。

男朋友对她很好，好到什么程度呢？她考试的时候，每天熬夜复习，男生无论多晚都陪着她，手机永远握在手里，不小心睡着了一振动马上醒来哄她。

男生曾经一次接了好几份家教，不舍得坐公交车，每天下了课骑自行车来回两个小时，午饭就吃一根火腿肠——都是为了挣钱去看她，带她吃好吃的，去一切她想去的地方，或者让她在想去他的城市时，可以不再因为要省钱而缩着腿坐30多个小时的硬座。

在他俩见第二次的时候，慧嘉有些惊慌地发现，自己十分抗拒和那个男生的亲密接触。无论是接吻、拥抱，到后来俩人独处的时候，她都非常地不自然。在网上或者电话聊天的时候，她却可以非常自如或者说非常依赖他。

男生总是喜欢问，你爱我吗？慧嘉总是会不知所措，好几次违心地说，爱。可是更多的时候，她总是咬着牙一声不吭，或者打哈哈转移话题。

后来有一次，她拗不过男生的请求，飞到他的城市去看他，当然，机票还是那个男生买的。她清楚地记得，厦航的飞机上播着当时很火的一部影片《海角七号》，没有声音，只有英文字母。坐在身边的，是一个十足的小女生，背着一个大大的红色书包，戴着绒线帽子，拿着一本服饰杂志在看。

当乘务员开始挨个问乘客需要什么饮料的时候，那个小女生先要杯热茶水，喝完后又问乘务员要了杯咖啡。当乘务员开始派发食品的时候，小女生拿到点心后还仔细询问有没有米饭。吃饱喝足后，她又叫来乘务员，要来了毯子，拉低绒线帽，沉沉睡去。

慧嘉想到了自己。每次坐飞机的时候，她从来不会主动去提什么需求，都是给什么拿什么。正如她在那段爱情里一样。

其实，是不是爱情，她都无法确认。当她再次和一个男性好友提到此事，并苦恼地问什么才叫爱的时候，那个朋友说了一句话："从你第一次和我说这个问题到现在，已经一年了，你还不能确定自己是否爱他，那为什么还要继续？"

慧嘉后来告诉我，她觉得自己仿佛是从一场大梦里惊醒。从刚开始，她没有拒绝过他对她的好，后来，她没有拒绝过他对她的好感、喜欢到爱意，似乎他竭尽全力给她海水般的温柔，她就要还他一应俱全的笑容，他为她匍匐了青涩的少年花事，她就要探遍与他有关的信号。

"也许，有些东西，真的伸手就能拿到，可我当时，从来没想过要自己去决定要不要。”慧嘉对我说。

慧嘉提了分手后，男生情绪特别激烈，也可能是赌气，他以一种非常决绝的方式突然“消失”在她的世界里，根本没有给慧嘉任何想要回头或者做朋友的机会。

这样的“报复”很成功。

因为慧嘉曾经非常依赖他，甚至没有另外的亲密朋友。

从那以后，慧嘉不开心的时候，翻遍电话本也找不到可以肆意倾诉的对象；熬夜复习考试的时候，再也没人陪着她度过那些困倦得支撑不住的夜晚；无聊的时候，再也没有人一首一首地唱歌给她听，讲笑话逗她开心；做PPT的时候，再也没有人帮她找漂亮的图片，帮她调好格式；英语课前，再也没有人帮她写好情景对话的脚本。

她的生活一下子变得步履维艰。夸张吗？一点也不，如果你也曾有过非常依赖的对象，就知道那些习惯一旦被抽离，你很难再一个人面对生活。

大概过了小半年，一天下了课，慧嘉跟老师请教了很久问题，最后同学们都走了，她才一个人收拾东西下楼，突然靴子底一滑，她连人带包一起摔下了楼梯。

她动了一下，脚踝剧痛，楼道里空空荡荡的，也没人经过。她只好坐着把掉出来的书捡回来塞进书包，然后一手扶着墙，一手拽紧楼梯扶手，一使劲，才站了起来，然后吃力地一步一步往前挪。

等到好不容易回到宿舍，慧嘉才想起来，自己居然没有想过打电话求助任何人，甚至，当痛得走不了路的时候，她也没有无助地坐在地上哭。她知道自己终于“好”了。

终于不再事事都依赖人，终于意识到自己以前只是需要一个人的疼爱和呵护，而不是真正地需要他的爱情。只不过这一天来得有点迟，她曾这样耽误和辜负了一个少年很大的期望和爱。

不过对于慧嘉整个人生而言，一点都不算迟。东野圭吾说，只要门开着，就不会通向过去。她曾经在分手后自暴自弃，但终于坚强地走过这些路，没有抹过一滴泪，没有俯首称过臣。

在中国应试教育下，没有多少人在高中的时候，就能想清楚自己未来想要成为什么样的人，但是在高三那个档口，我们却都必须做出一个选择，上什么专业，去什么学校。甚至在高二的时候，我们就必须选择，是学文科还是理科。

文理分科的时候我的想法很简单：我理科不算突出，将来考大学能不能上一本线都说不准，但是学文科的话，我有希望可以去最好的大学。

当时还得意于自己做了个明智的选择，于是高二、高三在相对轻松的文科课程下，真是肆意挥洒青春啊，偷偷看了一大堆小说，谈恋爱，每到学校组织什么晚会就课也不上，请个假就出去排练节目。反正文科的东西，回来背背就好了。

那时还年轻，不懂得奋斗是什么。后来工作了知识不够用时才明白，从前偷过的懒，日后总是要偿还的。

正如那句话所说，奋斗就是每一天都很难，却一年比一年容易；不奋斗就是每一天都很容易，却一年比一年更难。

我当时的前桌，是个有点内向的男孩子，每天早上都比我还要早到教室学习。他给我看过他的时间表，先背单词，再读语文课本，然后背政治概念，中午放弃睡觉，做数学练习题，下午课后去跑步。但越是临近高考的时候，他越是烦躁，有时候早自习快结束了，他计划表里应该已经背完政治了，但他还在背单词。

“前天下午上完课我准备去跑步的时候，突然整个人一下崩溃了，我不想继续这种生活了，什么都不想去想了。”

有些人的青春期来得很晚，一旦压力过大，就容易一边因为挫折妄自菲薄，一边又极其渴望尽早冲破当下的桎梏。

后来高考他发挥得很不好，上了一个二本学校的计算机专业。学了这个专业的人都知道，那几年计算机专业很热门，许多人都挤着去学，结果毕业了满大街都是，特别难找工作。他去了一家小公司，所有人包括他加起来也就十来个人，没有专门做清洁的阿姨，他是新人，这些活都落在他身上。

那段时间，他每天比别的同事早到半个小时，扫地、擦桌子，还要给老板泡好茶。你以为接下来的剧情，是老板给勤奋的员工加工资，或者重用升职？现实当然不是这样。小公司在一年后就倒闭了，结算时连一个月工资都发不出。本来薪水就很微薄，他几乎没有什么存款，只能狼狈地开始找工作，疯狂地海投简历。

“公司要有蹲坑，不要马桶”“要有保洁阿姨”，当时，他找工作只剩下三个要求，这是其中两个。因为有了一些工作经验，他找到了一份网络后台数据管理工作，和他的专业也算是挨得上点边。

“钱多话少死得早”，程序员同行们常常这样自嘲，但他却再也没有像高三那样恐惧过未来。

“虽然对未来的生活依然没有把握，对万事还不能驾轻就熟，但是我能知道，现在做的就是喜欢的事了，排除万难也要继续。”在一次毕业很久的同学聚会上，他感慨万千地说道。

《爱丽丝梦游仙境》里有这么一个情节：

“前面有那么多条岔路，我应该走哪一条呢？”爱丽丝向小猫邱舍请教。

“那取决于你想到哪儿去。”小猫回答。

“但我不知道要去哪儿。”爱丽丝为难地说。

“那么你走哪一条都是一样的。”小猫答道。

如果我们不知道自己要前往何处，要朝什么方向努力，那么，任何道路就失去了意义。

对生活的前路不迷茫，其实是一件非常难的事。

有些人摸爬滚打一辈子，都不一定知道自己真正想要的是什么。

等那一刻的“明白”，有时候犹如在餐厅等位、凌晨4点等日出、梅雨季节等衣服干，花点耐心就能等到，但有些时候，就像夏天等落雪、沙漠等甘霖一样。等错了机会就换个时间，站错了地方就挪个位置。

夏天有蝉鸣和晴空，沙漠有孤烟直和落日圆，你也会有自己笃定的事。

去做一切放肆的事

现在的年纪，也还算年轻，我却时常拒绝朋友的邀约，独自窝在家里敷面膜，品红酒，读一本昆德拉，看一部老电影，想着自己是不是已经不那么年轻了。

记得大一的时候，寝室一个姐妹生日，和我们几个约好了去江边自助烧烤。下课后大家去超市买菜，买肉，买调料，提了好几大袋，兴冲冲地去了。一烤就是好几个小时，等回过神来，末班车已经开走了，又没有带够打车的钱，索性走回去。

几个十七八岁的女孩，疯疯癫癫，又笑又闹地走在夜色里。经过江边时，伸手不见五指，怕黑，也怕遇见坏人，攥一瓶驱蚊液，拿一把烧烤时用来切菜的水果刀，牵着前一人的衣角，惊心胆战地往前走。经过江上的大桥，被风吹得东倒西歪，冲着延伸向远方的江流大喊大叫。走到中途还被巡警搭话，让我们一路小心。足足走了3个小时，凌晨两点多我们才回到学校。遇见学校值班的保安，央求他放行，为我们的晚归保密。

少年时荒唐，又珍贵的回忆。

现在，谁还会陪你，你又会陪着谁，在深夜又笑又闹地走上3个小时呢？

几年前的我，若是想念一个人，就会翻山越岭去见他。连夜坐十几个小时的火车，第二天一早神采奕奕地出现在他面前。

如今再让我做这种事，恐怕是不可能了。没有那样的心力了。现在的我若想念远方的某个人，只会放在心底，或者最多在他的朋友圈里点个赞。况且，我想我也不会再喜欢远方的谁，隔着遥远的距离患得患失了。

都是在青春的年纪里放肆，在成熟的年纪里学会权衡得失，因为都知道可以挥霍的东西越来越少。

但回忆起那些年的放肆，总是怀念得不能自已。只愿成熟的年纪来得慢一点，再慢一点，只愿自己权衡少一点，再少一点。

权衡过头，总会留下遗憾。

她那时比他高一届，他得管她叫学姐。

她很有学姐的派头，一味地宠爱着师弟师妹们，并不偏心谁。而他唯一的希望是她对他好一些，再好一些。

喜欢的情愫是一点点滋生的，等他发觉过来，视线已经离不开她了。

不敢表白，觉得自己配不上她。她是系里研究生中的尖子，早早被推荐去日本留学。他觉得她迟早要走，表白也没用。再加上还有不少同级的师兄在追她，更有传言说她已经和其中一人开始交往，他更加觉得灰心，没有胜算。

他想，只要她幸福就好。

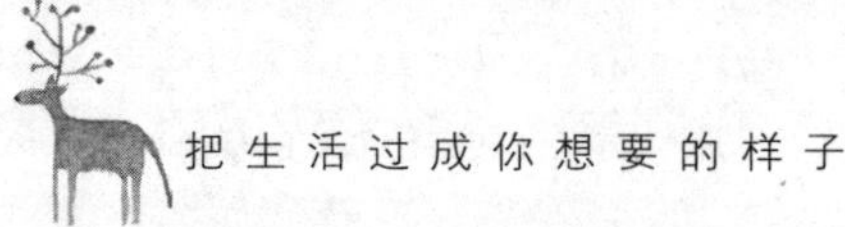

研究生毕业，颁发学位、照毕业照之后聚餐，大家都喝了不少酒。她喝得尤其多，摇摇晃晃走不稳路，他正要伸手扶她，却见好几个师兄都抢着上前，便缩回了手。她却嚷起来，说她没喝醉，把几双手都甩开，倒到了他身上。

"哎呀，是你……就是你了，送我回去……"她嘴里含糊不清，说着说着却笑了。

大家都当她发酒疯，索性懒得理她。他颤颤地伸出手，搂着她的腰，负起责任来，送她回宿舍。

到了宿舍，她却一屁股坐在门口台阶上，不肯走了，一条手臂挂在他脖子上嘻嘻地笑。

"唉，我问你，你有喜欢的人吗？"

"……"

"有没有？"

"嗯。"他终于点了头。

"然后呢？没在一起吗？"

"没有。"

"不告诉她你喜欢她吗？"

"嗯。"

"为什么？"她歪着头问。

"告诉她也没用。"他低下头。

她忽然松了手。

他们在那里一直坐到凌晨，她和他东拉西扯聊了很久。后来他根本就不记得当时聊了些什么，只记得她的侧脸，在路灯下很美很美。

接下来，她去日本深造，他留在国内继续读研。

时差只有1个小时，所以经常在网上遇见。遇见了，他们就会聊几句。无非是问异国生活习不习惯，研究室有什么新课题，新来了哪个教授。

他本来以为，她离开，是没有办法的事，自己也只能接受。他本来以为，她离开之后，这份感情会慢慢变淡，直至完全消失。可他发现，他接受不了她离开，忍受不了生活里没有她，也无法抑制心里越来越强烈的想念。

导师问他要不要争取去日本读博的名额，他想都没想就答应了。

在确定下来之前，他没有告诉她这件事。

申请批下来，成绩过关，材料过关，面试过关，已是半年多以后。他兴奋地告诉她这个消息。她隔了很久，才发过来一个笑脸，说了一句“恭喜”。

他觉得自己的兴奋被浇了冷水。但是没关系，他很快就要见到她了。

“等我过去，你要像个学姐一样，请我吃拉面，游富士山。”

她又发过来一个笑脸，说了一句“没问题”。

他翻来覆去地给自己打气——我喜欢她，她就是我一生要找的伴侣，到了日本，一定要向她告白，要告诉她我有多爱她，多想念她。

他抵达日本的那天，她果真去机场接他，带他去吃拉面，看富士山。

一年不见，她的性情不如之前豪爽，容貌却更成熟也更美了。他坐在新干线上看着远处白雪皑皑的富士山，又看看她的侧脸，觉得很幸福，很满足。

在富士山下的树海边，他终于支支吾吾地开口："学姐，我……我……"

她打断他："我并不知道你会来日本。"

"嗯，因为我之前没有告诉你。"

她叹了一口气："要是早点告诉我就好了。"

为什么呢？他觉得她的表情很悲伤。

她看着他，下了决心的表情："这是我最后一次和你单独见面了。"

他有点蒙："为什么？"

她再次叹了一口气："因为我有男朋友了，再单独和男生出去，他会吃醋。"

他吃惊许久，然后沮丧地垂下头。

没有说出口的表白，再也说不出口了。

临分别时，她站在原地许久，终于下定决心似的抬起头看着他说："你还记得吗？毕业那天，我问你为什么不向喜欢的人告白，你说告白也没用，但我还抱着最后一丝希望，一直赖着你聊天，不让你走，等你说出那句话，可惜你一直没有说。现在回想起来，这句话其实也可以由我来说，可是我也没有勇气。"

他愣在那里，很久很久，悔恨像一条条虫子细细啃噬心脏，他回想起她说的话，"我并不知道你会来日本"，"要是早点告诉我就好了"，原来是这样，如果她早点知道的话，是不是就不会交男朋友了？

他以为她会在原地等他。但这个世界上，没有哪个人有义务在原地等你，即使是爱你的人。

“我一直好后悔。”她低下头，声音哽咽。

所以她下定决心，下一次，如果再爱上谁，一定会第一时间告诉他。不考虑结果，不顾及过去现在将来，不害怕被拒绝，勇敢地说出“我喜欢你”。

目送她离开后，他终于在心里对自己说：“嗯，我也是。”

去做一切放肆的事，去爱自己想爱的人，趁自己还活着，还能走很长很长的路，还能诉说很深很深的思念。

虚度光阴有什么不好

那一晚，我睡得正熟，手机铃声猛地响起来。我嘀咕着咒骂一声，在黑暗中胡乱摸到枕边的手机，毫不犹豫地按下挂断键，然后翻个身继续睡。

然而，刚刚挂断，手机铃声又响起来。心中怒气“砰”的一声就炸裂，我坐直身子，按下接听键。听筒里马上传来闺密姚米的声音。

“拜托，现在是凌晨好不好？”我没好气地说道。

她对我的抱怨已经习以为常，所以每次都有些幸灾乐祸地在深夜打来电话。因为，她远在英国，我这里的深夜，恰好

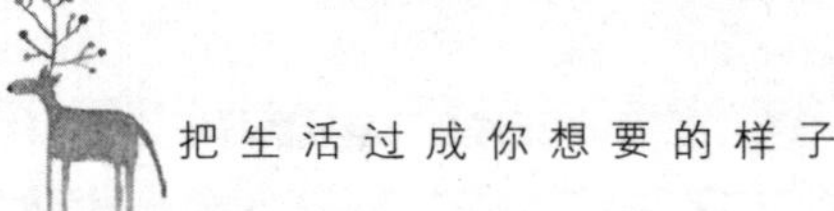

是她那里的午后。午后，她应该坐在剑桥大学的图书馆里，看书，做笔记，写论文。阳光很吝啬，很少普照伦敦。倒是一团团雾气，赶也赶不走，就那样肆无忌惮地笼罩在窗外的校园里。

看书看得累了，就打一通越洋电话，告诉我她的日常生活。我们一边心疼像水一样流走的电话费，一边絮絮叨叨地聊彼此的近况和很远的未来。每次通电话，我的情绪都是由恼怒转为平和，后又转为兴奋，最后又变得依依不舍。所以，挂断电话后，我经过跌宕起伏的情绪变换，很难再入睡。而姚米应该会放下手中的论文，穿过校园的雾气走进宿舍，枕着倾诉后的空盈渐渐睡熟。

但是，这一次她并没有像以前那样对自己的生活碎碎念，而是简单地告诉我，她决定在夏天举行完毕业典礼后立即回国。

回国，这是她在和我一起谈论的未来里，所不具备的词汇。她身上永远贴着学霸的标签，初中毕业成绩是全市第一，高中毕业成绩是全省第一，大学就读于清华大学，未毕业时就已申请到剑桥大学经济学的全额奖学金。

在我们这些如蚂蚁一样存在的芸芸众生中，姚米似乎永远都站在云端，让我们望尘莫及。我曾经问她，做一个万人瞩目的学霸，是不是特别累，压力特别大。她告诉我说，她并不这样觉得，她一直都在做自己喜欢的事情，只不过现阶段她喜欢的事情，刚好是学习而已。

是的，就是这么简单。她只是想单纯地把喜欢的事情做到最好。

在我们都以为她会拿着剑桥大学的证书，进入伦敦一家金融公司，做一名人人艳羡的高级金领时，她说她要回来。

我意识极其清醒，捧着手机问她其中的原因。她给出的原因依旧那样让人觉得匪夷所思：我想回去做点有意义的事，不想把时间浪费在这里，仅此而已。

有些人永远知道自己要什么，并不顾一切地将其付诸实践。姚米就属于这种人。

1个月之后，姚米委婉地拒绝了教授的挽留，不顾父母的反对，真的提着行李回来了。我在机场与她紧紧拥抱，她看着北京并不太明朗的天空，开玩笑地说这里比伦敦好太多。我心里依旧觉得惋惜，总想抢白她几句，因而毫不犹豫地揶揄她："为了在北京的雾霾天气中生活而放弃在伦敦金融业发展机会的人，全世界想必只有你姚米一个人。"

她倒也不恼，耐心地等我发完牢骚。而后，她不紧不慢地告诉我，北京不过是她暂时歇脚的地方，她的目的地在婺源的一个小镇。

她知道所有的人都不理解她做出的选择，包括作为她闺密的我在内。但是，这就是姚米，一个并不需要别人理解的人。自幼做学霸，得到人们认可，不过是因为这符合主流价值观念。而从伦敦逃离，隐匿到国内一个偏远山镇，违背了人们的正向思维，因而难免会受到质疑与责难。

姚米不想做伟人，她只想做一个简单透明的人。如果连这样的愿望都要遭到冷眼，她只能对所有对自己抱有非凡期待的人说声抱歉。

世界这么大，没有人能真正站在中央。唯有自己怦怦跳着的那颗心，是自己的中央。

这是姚米暂时在北京落脚的那段日子里，对我反复说过的话。

我终日穿梭在车水马龙之中，穿梭在钢筋水泥围成的办公室里，像一台由电脑操控着的机器人那样忙碌。在某个疲惫不堪的时刻，我忽然领悟了姚米那样做的意义。

大概两个星期之后，姚米又拖着行李坐着火车去了婺源。那时，油菜花已经开过，只有千亩梯田以葱绿的姿态迎接她的到来。

她用在伦敦做项目的钱以及父母的积蓄，在婺源的小镇里买了一座由木头搭建而成的小房子。在二手集市上，她买来木质的桌椅、一台年代久远的缝纫机、一个落满灰尘的书架，还有若干花籽、几棵树苗，以及乱七八糟的家用工具。

这就是她给我描述的家。

忙完工作后，我有时会给姚米打电话。她仍然像从前那样像老太婆一样絮絮叨叨地说自己的近况，只不过现在她所说的都是她栽种在房前的花，屋后的树。至于那很远的未来，她很少提起，如果定要说说以后的事情，她只是说很近的未来。比如，明年婺源会开满油菜花。比如，她养的小狗会在3个月后生一群小小狗。

我婉转地告诉她，以前的同学们都说你在做无用的事情。

她反问道："什么是有用的事情？"

我其实想说，在所有人的眼中，在最繁华的地方站住脚跟，存折里有数不清的财富才算是不被辜负的人生，但终究以沉默代替回答。

其实，我们每一个人都很清楚，都市里灯红酒绿的生活，需要付出怎样的代价，但我们宁愿在别人的视线里摸爬滚打，弄得遍体鳞伤才会罢休。

记得有人曾问我，你梦想中的生活是什么样子的？我说道："我希望老了以后在郊外拥有一间属于自己的房子，房前种满花，屋后栽满树，一到春天，各种花就忙着绽放，各种树就忙着发芽。午睡后，就拿刚采摘下来的嫩叶泡茶，养的小狗晒在太阳底下，我摊开白纸写自己喜欢的文章。出版社如果采用这些稿件，我就会收到微薄的稿费；如果给我退回稿件，我就把它们夹在爱看的书中。"

而姚米并没有在老了以后才做这些事情，她趁着年华还有青春的色泽，就把这些时间匀在以后想做的事情上了。

想想也是可笑，姚米在二十五六岁的时候，过着人们六十岁梦想过的生活，而人们却在疾言厉色地指责她浪费时间去做无用的事情。

第二年春天，姚米给我打来电话，告诉我油菜花铺满了整个婺源，她自己种的花也都盛开了。

"如果不忙就来一趟吧，就当作旅行。"姚米说得很真诚。

北京的春天，只能在雾霾中蠢蠢欲动。在挣扎一番后，我

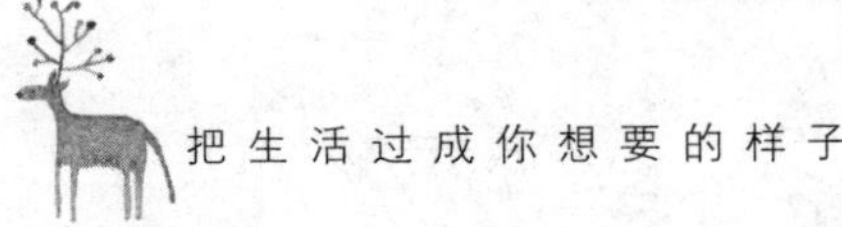

向领导请了一个星期的假。领导虽然在请假条上签了字，但他脸上那副不可思议的表情，分明不满我在工作最忙的时候请假去旅行。我想，如果我告诉他姚米的事情，他定然会说姚米脑子有问题。

经过十几个小时的夜车，我终于抵达景德镇，后又坐出租从景德镇抵达婺源。在从景德镇到婺源的路上，我看到整个婺源已经被油菜花包围。这里只流行清新剔透的黄色，姚米身上的衣服也是淡雅的黄色。她站在岔道路口，让我第一次觉得这样的她才是这个世界不可缺少的存在。

我慢慢朝她的小屋走去，路上偶有背着箩筐的妇女走过，姚米用当地的方言和她们友好地打招呼，并向她们介绍我是她最好的闺密。此时此刻，我这一路的劳累，已经消失得无影无踪。

走了不算短的一段路后，她忽然指着被各种花草掩映着的一座房子，告诉我那就是她的地盘，声音里满是自豪和雀跃。我看看那座被打理得整整齐齐的房子，又看看穿着油菜花颜色衣服的姚米，真的差点流出眼泪。

她平时种花种树、除草养狗，兴致来时也会用缝纫机给自己做衣服，伏在木质桌椅上写稿子、画画，有时也拿着相机拍下婺源这片地上最常见的景物。

姚米带我游玩的时候，虽然我从她的脸上知道她快乐与否，但我还是在憋了很久之后问道：“你觉得快乐吗？”

她笑得很大声，原以为我仍会说她不在伦敦做金融一行，简直是浪费时间。

笑声停止之后，她很认真地说道，她曾经把留在伦敦当作生活的目标，但那从来都不是她的梦想。在那一段时间里，她压力很大，头发掉得很多，每天用含铅量很高的化妆品，行尸走肉一般穿梭在图书馆和教授的办公室。由于太忙，她几乎没有时间吃早餐，以至于她经常受胃疼的折磨。再加上长期坐着做研究，她的脊椎慢慢突出。

在伦敦，她有一箩筐的隐性与显性病症，但人们只是看到她表面的风光。而她为了维持这种风光，不得不咬着牙死死地坚守着。

但在毕业前夕，她觉得生命不是戏剧，不可以重演。她只想趁着手中还有大把时光，去过一直在潜意识里出没的生活。

于是，她真的就这样做了。

虚度光阴有什么不好？况且，如果做的都是自己喜欢的事情，又何来虚度之名。

正如梁文道所说的那样："读一些无用的书，做一些无用的事，花一些无用的时间，都是为了在一切已知之外，保留一个超越自己的机会，人生中一些很了不起的变化，就是来自这种时刻。"

60岁时，或许我们已经没有那种过房前种花、屋后栽树的心境。也或许，那时我们已经没有了填充人生色彩的梦想。

所以，姚米从来没有后悔过。她知道，喜欢的事情，不必等到以后。

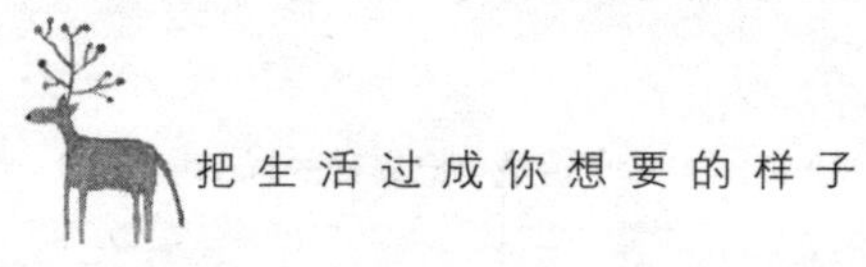

在我临走的那天早上，我和姚米正在吃从山里挖来的野菜做成的早餐，一个男人冒失地闯进来，手里拿着一大把不知名的野花。当他看到一个陌生的我时，便不好意思地站在原地，怔怔地看着姚米，一时不知道说什么。

我看到姚米的耳根在顷刻之间被朝霞染红，脸上是少女恋爱时才有的娇羞。

走下去，才会看见光亮

纯爱少女漫画《好想告诉你》中的女主角黑沼爽子，刚出场时，是一个气质酷似《午夜凶铃》的贞子，一个在班级里被孤立的、人见人怕的女孩。但乍看气质阴郁的她，其实是个相当乐观开朗的孩子，即使被所有人忽视、嫌弃，也永远告诉自己，下次再努力。

黑沼爽子的座右铭是“日行一善”，梦想是变成一个爽朗的人，交到很多朋友，就像她憧憬的男孩那样。

她每天做的善行都相当可爱。

黑板每天是她在擦；花坛里的花，每天都是她放学后去照看；放暑假了，老师需要学生帮忙，没有人愿意举手，她怯怯地举手，此后每天顶着酷暑去学校；她用心把笔记记得很详细，主动借给大家看；因为大家都叫她贞子，为了满足期待，她去图书馆借怪谈书，背下里面的恐怖故事，有机会就给人讲；夏季试胆大会，为了让所有人玩得尽兴，她一个人披散着头发穿着白色连衣裙躲在漆黑的树林里，等着同学经过时出来吓人；上学路上看到一只被遗弃的狗狗在淋雨，她会把伞借给它，结果自己淋成落汤鸡……

沉默、温暖、可爱的日行一善，终于被所有人看在眼里，终于一点点融化了误解，消泯了界限，让她实现了交很多朋友的梦想。

变得爽朗，交到朋友，对大多数人来说，这几乎不能称之为梦想。

但梦想又何必分大小。

只要真挚，即使只是一个交朋友的梦想，也能让一个15岁的少女在青春的眼泪和笑容里蜕变出更好的自己。

只要真挚，日行一善的梦想和做一件伟大善事的梦想，也并没有区别。

住过大学附近一个小区，小区是老楼，老人多。每天出门去上班，总能遇到遛狗散步的老头老太。一次经常出入的西门翻修，我只好绕路去北门，路过一栋楼，发现一楼的院子里有好几只猫，我是个爱猫成痴的人，当然要停下来逗一逗，拍几张照留念。

这时一个老太太端着好几个猫饭盆出来，呼啦一下，不知从哪里钻出来一大群猫，围过来喵喵直叫，我数了数，居然有20多只。

和老太太聊过才知道，那都是她从不同地方捡来的野猫。

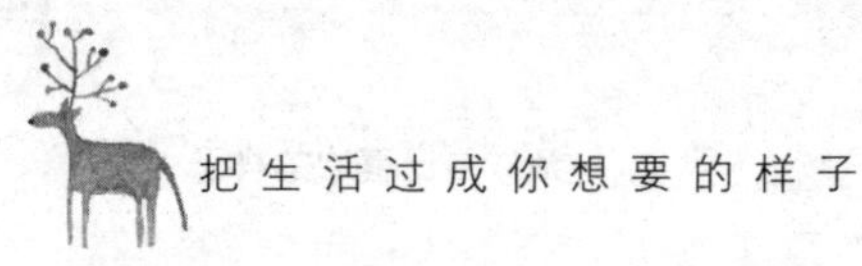

有的母猫刚生下小猫，缺少食物养不活，被她收留，有的是从领养机构抱回来的，还有的是被主人抛弃的宠物猫，奄奄一息躺在路边被她捡了回来……

她一只只和我历数那些猫的来历，听得我鼻子发酸。

老太太没有儿女，养了一辈子猫，救活的野猫，收留的弃猫，数都数不过来，那些猫就是她的儿女。

曾经在旅途中遇到一个女孩，她告诉我，她是一个超级动物迷、素食者、坚定的动物保护主义者，同时还是一位刚刚起步的创业者，梦想是有一天在世界各地建立动物保护基金，运营全球性的动物保护组织，用自己的力量和影响力去左右全世界面对动物的态度，保护动物们的生存环境。

我问她现在有没有参加动物保护组织，有没有做过类似的志愿者服务，有没有养什么动物，她说这些都做过，但她现在的重心并不是做这些事。为了实现梦想，她现在必须积累商业经验，积累人脉，学习运营，成就一番事业。

“城市救助站在救每一只他们看到的动物，领养组织在保护每一只他们能够保护的动物，爱护动物的人在抗议，在行动，每个人都在做着力所能及的事，而我力所能及的事，是利用我的能力和野心，做更大的事。”

现在，她创办的公司刚刚起步，她为自己留出了15年的时间，制订了15年的计划，意气风发，干劲满满。

无论是收养自己能力所及的每一只野猫，还是致力于在15年之后构建一个更好的动物生存环境，都让我为之深深动容。

梦想真的无关大小，只要你有，只要你为此去行动。

无论何时，都尽力去滋养你的梦想，总有一天，它会反哺你的人生。

去深圳出差，在客户的公司遇见一位20多岁的年轻助理，她说自己的梦想是在30岁那年退休。我被这个奇葩的梦想惊艳到，连忙问她打算怎么实现。

她告诉我，从大学开始到现在，她做过的工作不下50份，当然大部分都是兼职。目前她收入的来源分别是：升职空间很大的全职工作、写书的版税、兼职广告策划、股票、基金，以及她从大学经营至今的网店。说要“退休”，其实只是辞去全职工作，其余的收入并不会受影响。

“如果不是这几年不断地尝试，我大概永远都不会知道原来我擅长的事情这么多，原来这么多途径可以赚钱。”

“不辛苦吗？”我问她。

“当然辛苦。大学那会儿，一天3份兼职，算是常态，还要抽出时间念书，研究股票基金。网店早就雇了其他人在管理，我一个人肯定忙不过来。每天的时间都挤得特别满，所以也觉得特别充实。”

如果是这样的话，退不退休都没有区别吧？我问她“退休”之后想做什么。

她笑了，“第一件事当然是环游世界。退休之前我是努力赚钱，退休之后，我想尝试去做更多不那么赚钱的事，去更多的地方，接触更多的人，然后在这期间，只要顺便赚钱就好了。”

你会觉得这个30岁就想“退休”的女孩懒惰没有志向吗？我想不会。因为她30岁之前的人生履历，已经足够精彩。

她将自己的才能、时间、体力、精力、头脑、智慧完全利用起来，去实现那个多少有些奇葩的梦想，然后她真的可以过上梦想中的生活：赚够了钱，就去环游世界；旅行够了，就去做其他的事情，世界这么大，可以做的事情这么多，我相信她30岁之后的人生，会更加精彩。

等到老去的那一天，她坐在阳光下回忆一生。所有的片段就像烟火划过夜空，华丽璀璨，哪怕最终的结局是消逝，也已尽情绽放过，没有任何遗憾。

小时候我们诉说梦想，总是遥远到伸手不及，却在眼睛里熠熠生辉。那时，我们都期待自己长成更好的大人。

长大后再谈梦想，才知道有太多的人，已在追梦的半路失去踪迹。

宫崎骏的《千与千寻》里有一句话：很多事情不能自己掌控，即使再孤单再寂寞，仍要继续走下去，不许停也不能回头。

用来谈论人生和梦想，刚刚好。

不许停，不许回头，要一直走下去。

走下去，才会看见光亮。

你想要成为什么样的人

亲爱的表妹，前几天你打电话给我，诉说你在工作上遇到的委屈，说着说着就哭了，哽咽着问我以后怎么办。原谅我当时并没有告诉你怎么办，只轻声细语安抚了几句。

是的，我能想象你在电话那头梨花带雨惹人怜爱的模样。你从小就长得好看，穿着公主裙，嘟着小嘴，粉嫩可爱，要是你哭了，就算做了天大的坏事，大家都会原谅你。你一定觉得奇怪，为什么小时候百试百灵的招数，现在一点用也没有。现在的你要是哭了，那个刻薄、脾气又坏的女上司会叫你出去哭，免得影响别人工作。

其实，你心里很清楚，外面的世界比不得家里，没有人会像你的家人一样，把你当成公主去宠爱，所以你在得到人生第一份工作时就做好了心理准备，打算把那些任性刁蛮的公主脾气收一收，像其他人一样，认真工作，和上司、同事好好相处。

谁能料到，你一踏入职场就遇到了那样的女上司。你告诉我，她也不过30多岁，并不老，但总是穿一身土气的灰色职业装，就像你中学时那个严厉古板的老班主任，长相一般，又不苟言笑，让人望而生畏。你说一定是因为你太可爱，又喜欢打扮，她才看你不顺眼，处处针对你。所有琐碎繁重的工作都分派给你做，从来不表扬你，交上去的文件，哪怕只有一个错别

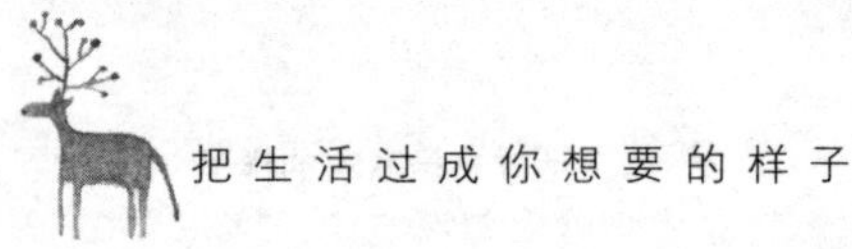

字，她都要训你几句，退回来让你重做。

有一次，你买了条“银时代”的新款手链，戴在你白皙的手腕上十分抢眼。同事都围过来说好看，偏偏只有她，经过时冷冷瞟一眼，说：“就会在这种事上用心，难怪工作做不好。”你气得泪花在眼眶里打转，死死忍住才没有回嘴。

你在电话里向我哭诉，说你恨死她了，再这样下去，你肯定会忍不住跟她大吵一架。

哭完之后，你很冷静地问我，如果真的因为跟上司吵架被炒鱿鱼，是不是会影响到找下一份工作，是不是自己主动辞职会比较好。

亲爱的表妹，看来你已经动了辞职的念头。

其实，我无法告诉你辞职的选择是好还是不好。我只想告诉你一句话：你所有的选择都是正确的，只要你能够承担结果，并且绝不后悔。

没错，如果你能够承担辞职的后果，并且不后悔，那你当然可以潇洒地辞职走人，临走时甚至还可以很酷地对那位尖酸刻薄的女上司比一个不雅的手势。

但我想提醒你，假如你认为辞职的后果不过是丢了一份工作，只需要付出一些微小的代价譬如花费一点儿时间和精力再找一份工作的话，那你就错了。你放弃了一份烦人的工作，摆脱了一个烦人的上司，但谁也不能保证你接下来将得到一份更好的工作，遇见一个更好的上司。

我知道你看过让·雷诺主演的电影《这个杀手不太冷》，

还记得娜塔莉·波特曼演的小女孩在某一次被父母虐待后问杀手的问题吗？她问他：“人生总是这么痛苦吗？还是只有童年如此？”杀手回答她：“总是如此。”

这或许是个不太恰当的例子，但我想他说出了人生的某种本质。你不能指望逃离一种糟糕的境遇后，从此就过上幸福快乐的生活，那只是童话。现实的人生是，痛苦永远不会断绝，旧的痛苦走了，新的痛苦仍会到来，你无法改变境遇，能够改变的唯有自己。

你当然知道公主只能活在童话里，所以你说你收起了公主脾气，可是我看到的，只是你表面的顺从和忍耐，你的内心其实仍然希望自己像公主一样受人喜爱和追捧，不能忍受别人的忽视和责难。

职场需要你顺从和忍耐，你必须在一定程度上听从上司的指令，忍耐工作的枯燥琐碎，忍耐其他人，包括同事、上司、客户的缺点和脾气，工作才能顺利进行，但这不应该是被迫的。你的顺从和忍耐，应该是为了把工作做得更好，为了让自己更出色、更优秀，而不是为了做给别人看，让别人来迁就你、夸奖你。

也许你那位严肃古板的女上司正是因为看到了这一点，才对你印象不佳，因而处处为难你。上司也有情绪和好恶，责怪她因为不喜欢你而针对你是没有用的。

而且，如果换个角度来看，或许你就会发现，她其实并没有那么针对你。交给你更多工作，也许是在重用你，给你更多

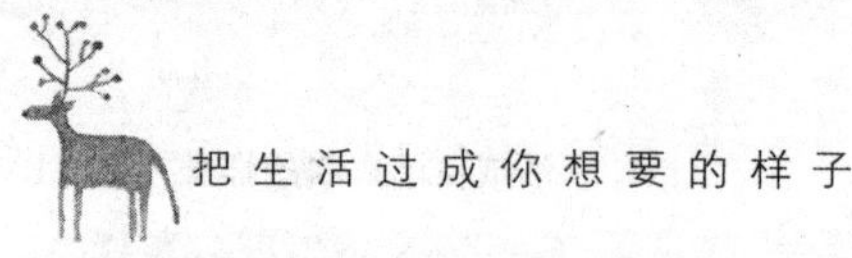

机会呢！对你严格、挑剔，也有可能是对你寄予厚望，希望你更完美。

即使这些都不是她的本意，你也可以把她所有的挑剔和刻薄都当作是对自己的考验和磨炼，借此迅速改进工作方法和态度，让自己变得更完美。

要脱离糟糕的现状，最好的方法不是逃避，而是想办法让现状变好，好到你不想离开的地步，这样一来，不知不觉你就会发现，自己已经脱离现状，踏入了更好的未来。

如果你不改变自己，只一味地逃避糟糕的境遇，结果很可能是让自己落入另一种糟糕境遇。

既然已经说到了这里，亲爱的表妹，不如听表姐再啰唆几句题外话。

不知道你有没有思考过这个问题：你将来想成为什么样的女人？当父母的小公主、男友的小宝贝，轻松工作，享受生活，遇到不顺心的事就撒手不干，还是独立自主，追求卓越，自己闯出一片天地来？

我并不是要评判哪种更好哪种更坏，要知道，女人可是相当复杂的生物，绝不仅仅只有一面。

我有一个朋友，是时下常见的“女汉子”，外表气质性格都和你正好相反。身为销售主管，她的工作作风相当强悍，在公司说一不二，和客户应酬时八面玲珑，喝起酒来以一挡三，男人都不是对手。就是这样一个女汉子，最大的爱好却是做料理。每次和她一起出去玩，她总要带些自己做的精致小点心分给大家，平日里我们也经常收到她做的泡菜或者寿司，而且她最喜欢的颜色居然是粉色，工作之外的衣服、包包，几乎都是粉色系，在男友面前，完全就是一个娇滴滴的小女人。

你是不是觉得这样的人很奇葩？或许等你再长大一些就会知道，女人都是多面能手。明明觉得化妆好麻烦，但一定会努力学习打扮；明明是个吃货，却仍然会费尽心思保持身材；不喜欢穿高跟鞋和裙子的女汉子，在必要的场合也会迅速变身为优雅妩媚的女人；就算是个工作狂，也一定会抽出时间来享受生活的一点小情趣；就算在日常生活中懒得不行，也一定会很努力地去学习新东西，尝试新鲜事物……

因为，她们不知道生活会在什么时候对自己提出苛刻的要求。有时，你必须成为可靠的人，让上司、同事、客户都信赖你；有时，你需要有强健的身体、强大的心灵，应付生活中的各种难题；你要玩得来小清新，装得了女王范儿，得温柔体贴，知冷知热，在外表上费功夫，花时间丰富内心，让自己成为一个让人惊喜、值得交往的人。

你看，要成为不错的女人，一点都不简单呢。

和这样的女人相比，童话里的公主是不是显得很苍白？

亲爱的表妹，不要再将女上司的苛刻看作天大的烦恼，你已经到了需要认真思考以下这个问题的年纪：

不久的将来，你想要成为什么样的女人？

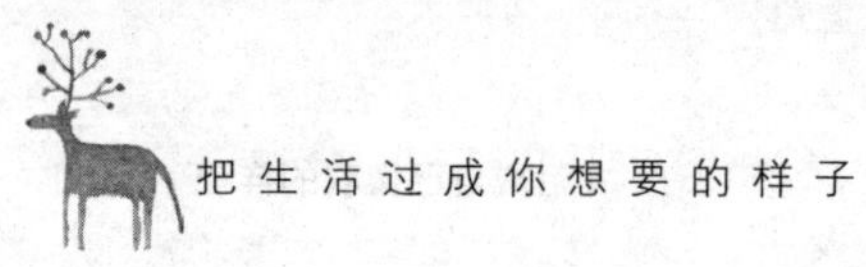

没有在一起也好

坐在从曼谷开往暹粒的大巴车上，夜晚8点，灯光昏暗，公路旁除了零星的简陋木质吊脚楼，便是无边的原野与丛林，像回到了上古时代。

大巴刚过泰柬边境，到达目的地——暹粒至少还得6个小时。车上老外躁怒的情绪就像被点燃的鞭炮噼里啪啦响个不停，很显然，时间观念严格的西方人还不太适应东南亚列车的晚点现场。倒是自己，在东南亚旅行3个月后，对此早已见怪不怪了。

睡觉、看书、发呆、听音乐，顺便想想下半夜到暹粒后是直接睡车站还是背着65L的包满大街找小旅馆，能做的事可多了。

这时，邻座的德国男生拿一张被蹂躏得脏兮兮的便签纸条问我："这是你掉的吗？"

"对，那是我的，谢谢。"我面色平静，嘴角微微上扬地回答。

那是一张写着紧急联系人电话的便签纸条。

毕业前独自背包游越南他偷偷塞到我背包中，在越南美奈被大雨淋湿后整理背包时才发现。一直保留着，当时是甜蜜，过后是忘记。忘记扔掉了。

是的，我的紧急联系人名单中，除了爸妈，就是L。

在我生命中出现过，停留过，又离开了的L先生。

那是夏天，就像此刻东南亚的夏天般炎热。我不明白怎么那天会兴致勃勃地和同学去打乒乓球，球场那么多人，怎么就一眼瞥见穿白色T恤、卡其色休闲裤的L。他的球技，他的干净，还是只因为那天阳光甚好，他穿了一件我喜欢的耐克T恤。

那个范围适中的校园，遇到L的次数寥寥，尽管我努力制造“偶遇”。去洗手间特意爬几层楼经过L的教室；早上打扫校园卫生拖拖拉拉只希望看L从我身边走过；中午不论风雨每天必去球场看L打球；傍晚偷偷跑去操场假装背英语，其实只是想看L跑步。

当然，L是不会注意到我的，他只是会回望我，不带任何表情，就像是会望着十字路口恰好从你身边经过的陌生人。

是陌生人，不是像。每次遇见L时，太多的人，嘈杂的环境，只有自己的心，在偷偷窃喜，尘埃中开出了花。

也许老天看我可怜，在我们上体育课时，也安排L训练。跑步超烂的我如往常拖后腿。最后一圈，发现他竟然在我前面慢跑，鼓足勇气想和L说话，那句“我其实喜欢你好久了”哽咽在身后突然跑过去拉起他手的女生身上。

那是隔壁班最漂亮的女生，高高瘦瘦，长细腿，会化妆，而我，看着自己蓝白色的校服和白开水般的脸，觉得比丑小鸭还丑小鸭。

后来，不用制造偶遇也能每天见到L，他俩甜甜蜜蜜地从我的身边走过。但没过多久，L又恢复了一个人的状态。

此后，L高考了，毕业了，去了我不知道的城市，消失在我的世界里了，

此后，我也高考了，毕业了，去了很远很远的北方城市，我也忘记了。

5年后北方炎热的夏天，对，又是夏天，我所有的故事竟然都发生在炎夏，花开绚烂的季节，但极易枯槁。

考完专业课后无聊地上网，在高中校友群中希望能找到多年未联系的好友，不期然，却出现了好几个和L同名的人，随便点击看相册，居然是L。

他的照片，看得我恍若如梦，时间好像瞬间倒回到高中一个人默默喜欢他的时光。拿鼠标的手不停地颤抖，内心暗流汹涌。

此刻的我们在同一个城市，学校相距如此近，一站公交就到。可是我们那么近，却那么远。

所有的相遇都是久别重逢。我们见面了，当然，L不再是我5年前看到的那个模样，而我也不再是那个青涩的小女生了，我变得沉默。

那个夜晚，我第一次真正意义上和L说话，是在我们都知道彼此的情况下。L讲了好多他自己的事，我一件都没听进去，一直在恍恍惚惚，不敢相信曾经的奢望已成现实。

我接受了5年后陌生的他。随后，就像所有大学情侣一样，我们开始忙着约会、吃饭、看电影、旅行，又忙着吵架、忙着和好，最后忙着写毕业论文、找工作，忙着结束一切，包括恋情。

分手那天我重感冒，脑袋晕乎乎的，刚下飞机，只想快点回学校睡觉。但L的那句话就像一盆凉水泼来，瞬间冷却，好强的我故作大方直接走掉，却在感冒加剧的第二天下午在他宿舍楼下坐了5个小时直到天色灰暗，也无法接受原本说好要牵手此生的两个人却要像陌生人样彼此再无关系的事实。

不知是谁说过，恋爱就像正弦曲线，曲曲折折，但总归结局美好。然而我和L却像余切函数，每一步都是走下坡路，最终退回未曾相交的原点。

紫霞仙子说，我猜中了开头，却猜不着结局。这句话真适合所有失恋的女人——当然也包括自己。

情殇的痛苦在找工作的昏天暗地中被自动屏蔽，等到找好工作、认识新朋友、学会泡咖啡、打网球、独自旅行后，却怎么也记不起L长什么样，就算刷空间看过他的结婚照，过年回家在商场中遇见过他和他女朋友好几次。

其实，没有在一起，也好。

不然，也不会知道一个人生活居然能那么精彩。充满成就感的4A（The American Association of Advertising Agencies的缩写，中文为“美国广告协会”）工作，每天和有趣的人碰撞出新的思想；周末约朋友去尤伦斯当代艺术中心看展览，打打球，喝两杯红酒，休年假就当背包客，去做义工、旅行，去看看世界。

不然，也不会有现在这样，在午夜的柬埔寨公路上，裹紧披肩，有一搭没一搭地和旁边德国男生聊天，偶尔抬头望望东南亚的星空，北京可看不到这么漂亮的星空。

世间哪得双全法

April是个不知道自己究竟想要什么的女人。

28岁的年纪，四处相亲却无果。

每每问起她对于心中另一半的标准，回答不是不知道，就是都可以，或者只要顺眼有感觉就行。可是，天知道，感觉是个多么不靠谱的词儿。

介绍条件好的男人给她，有房有车有户口，她却嫌人家身高不够长得对不起观众，影响下一代基因，并且毫无感觉。长得高又帅又有好感的男人，她又无法接受要一起艰苦奋斗买房买车的事实。

说到底，她心中的标准太过挑剔太过完美。完美到这个世界上找不出一个富有帅气，房车齐全，同时还真心爱她，她也喜欢对方的人。

喜宝说，我要有很多很多的爱。如果没有爱，那么就要很多很多的钱。如果两件都没有，有健康也是好的。

可见，在喜宝心中，最重要的还是爱，她并不贪心想要占尽所有。爱，钱，健康，如果不能同时拥有，那么能拥有其中任何一样，都是值得感激的。

有时候，我们并不能太过贪心地享尽所有。找到那个在心中所占比重最大的东西，然后努力争取或许才是最佳的解决方案。

Rachael是个和April完全相反的姑娘。

一直以来，她都非常明确地知道自己想要什么，知道怎样让自己不纠结活得更快乐。

年轻的时候，她是个爱情至上的人，把爱情看得高于一切。有了爱情，其他烟火俗世中的考虑因素都可忽略不计。

爱情算是她最想要的东西了，在她25岁之前。

所以，当她第一眼见到前任，就被他温文儒雅的气质吸引时，当下便已打定注意要把他追到手。

是的，Rachel就是这样一个敢爱敢做，对于自己喜欢的人或物，总是努力勇敢地去争取的好姑娘。她从不扭扭捏捏，不允许自己人生中有遗憾的事出现。

她追男友的方式非常简单粗暴，就是对他好，直抵人心。

嘘寒问暖不用说，每周都要厚脸皮地约男友吃饭，邀请他看电影或话剧。自己那点可怜的工资不够花，省吃俭用外，自己在外面接一些翻译的私活，为男友买这买那。

幸运的是，男友并非是个铁石心肠一边享受你的好，另一边又不把你当回事的渣男。

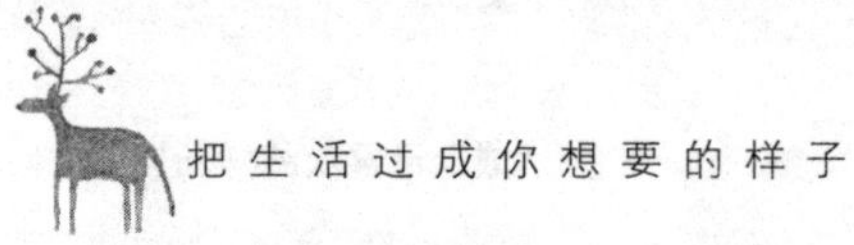

Rachel姑娘对他的好，他看在眼里，记在心里。从Rachel朋友那儿知道她的告白大计后，用一张机票把她骗去了泰国拜县，一个童话般宁静美好的小镇，在拜县山顶的coffee in love前，男友谈着吉他唱，做我女朋友好吗？

这完全打乱了Rachel的计划。

“表白这种事，不需要你来做，这是我的责任。”他说。

世界上最美好的事那么多，有什么比得上我喜欢你，在我打算跟你表白之际，你告诉我，我也一直喜欢你。

两情相悦，你见到很多，发生在你身上时，你才亲身体会到这四个字代表的所有美好。

确认关系后的两个人，甜蜜得如胶似漆，羡煞旁人。

Rachel被公司派去深圳出差两周多的时间里，这周末，你飞深圳，下周末，我飞北京，两个人那点可怜的工资全部都贡献给了国航，在一起的时间却不够48个小时。

就在大家猜测两个人就这样安稳走下去然后结婚生子时，却突然传来Rachel男友结婚的消息。只可惜，新娘却不是Rachel，是男友妈妈为儿子介绍的一个在银行上班，家里有钱有势的姑娘。

Rachel淋着雨，跑去找男友要个解释。

男友却闭门不见，在电话中说，我把爱情留在了你这里，把现实留给另外的她。

Rachel在男友家门前等到第二天天亮，万念俱灰，默默离开。

张爱玲写，爱情本来并不复杂，来来去去不过三个字，不是我爱你，我恨你，便是算了吧，你好吗，对不起。

从我爱你到算了吧，Rachel走了两年。

享受过爱情的甜蜜，又在爱情里流过泪受过伤的Rachel，开始接受亲人朋友们的相亲。她不看长相不看身高不看是否有感觉顺眼，只看对方有没有钱。

原来爱情至上的Rachel，现在却只想要另一种东西，金钱。这让她有安全感，比起爱情。金钱至少不会随便就离开她，只要她好好经营。

不知是谁说过，能带给女人安全感的只有两件东西，一个是银行账号里的数目，另一个还是银行账号里的数字。

爱是什么？

在金钱面前，爱可能什么都不是。

不久，Rachel和一个整形医生闪婚了，两个人认识不到三个月。结婚后，Rachel辞职了，专心在家做富太太。

在朋友圈，时常都能看到Rachel晒各种图片，老公送她的蒂芙尼钻戒、卡地亚对戒、迪奥新款包包，以及毛里求斯的旅游……

每张照片里，Rachel笑颜如花。看得出来，她是真正的开心。

这样也很好，拥有了金钱后，就不要再想着追求真爱。世间哪得两全法，让你既拥有了金钱和物质，又给你真爱。

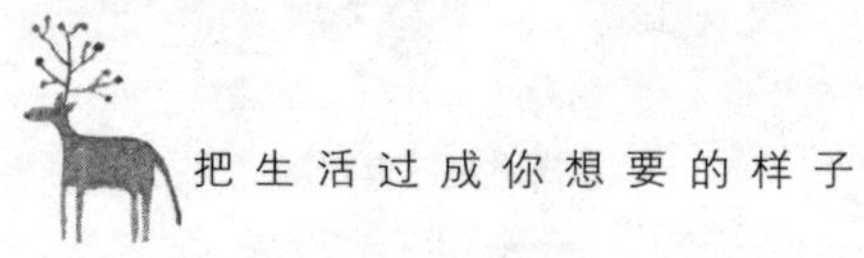

好好享受前的一切，并乐在其中，如果这是你想要的。

一个日本姑娘，有一个青梅竹马的男朋友，两个人在一起十八年。但男朋友就是个普通的上班族，她想要的香奈儿、古驰、普拉达，更好的物质生活，男朋友都给不了。

后来，日本姑娘下狠心抛弃了男友，嫁给了一个能为她想要的一切都埋单的男人。

婚后，拥有了物质生活，这个姑娘又开始想念和前男友在一起的爱情，于是，两个人背着丈夫又勾搭在一起。

有一次，被丈夫发现了她的婚外情后，日本姑娘被丈夫毒打了一顿离婚了，一分钱的财产都没得到。

当然，最后，这个姑娘也没有和前男友重新在一起。

日本姑娘拥有过了爱情，后来又拥有了金钱，最后她却一无所有。

这个日本姑娘，后来去了泰国，在一家大象保护中心做志愿者，是我旅行时认识的朋友的朋友。我们最近的一次见面，是在清迈跨年的那天晚上。

过得开心快乐其实很简单，把欲望清单缩减至只有一项，你最在意的一项。如果拥有了，就好好珍惜享受它带来的快乐。如果没有，就努力争取，直到拥有它。

切忌贪心不足蛇吞象。

不然，最后，你有可能什么都没有。

丑小鸭，其实你很好

18岁的时候，我最羡慕的人就是我的堂姐。

每个女孩在成长的过程中总有一个无法打败的敌人，她像一面永远沾不上灰尘的镜子，无时无刻提醒你的卑微，你的不足。

堂姐就是我的那面镜子，她越是光鲜亮丽，越是衬得我灰扑扑地几乎低进尘埃里的卑微。

她生得好看，大伯和大伯母最好看的眉眼全部遗传给了她，大大的眼睛一笑起来好像装得下世界。连作为女生的我都曾经无数次地在那双眼睛的注视下紧张得失语。堂姐的嘴抿起来是好看的心形，连妈妈也经常感叹，的确是没有争议的美丽。

有了这样的对比，本就普通的我在反衬下显得更加不值一提。人的视线只有一个范围，自然而然就看向最美好的一个。

偏偏大伯家的家庭条件也是整个家族里最好的，当我还缠着妈妈要玩具的时候，堂姐已经在大伯母的带领下去各个省市领略风土人情。

人们往往以为相貌靠天生，殊不知真正的女神是靠时间和精力养出来的。

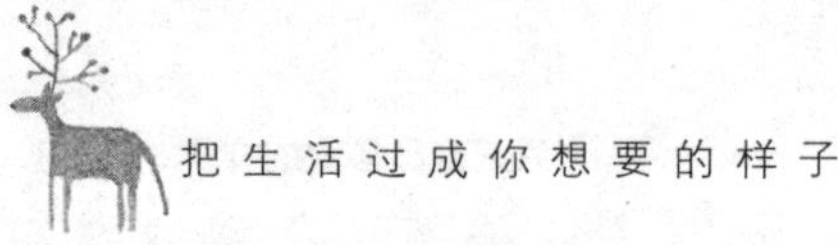

堂姐几乎成了我整个青春期的阴影。

隐隐约约难以启齿的嫉妒也成了青春期长久困扰我的情绪。

堂姐品学兼优，稳稳当当地考上最好的大学。青春期长开的她出落得更加漂亮，一双笔直修长的双腿藏在做工精良的短裙下，气质卓然，不轻不重的笑容更是恰如其分，连日月都失了魂。

而当时的我正在矫正牙齿，根本不敢咧开嘴笑，生怕露出一整排的小钢牙，黑框眼镜架在鼻子上看起来又傻又呆，因为妈妈每天的爱心鸡汤，腿看起来硬生生地更粗了好几圈。

如果说堂姐以前只是我心生向往的美梦，那后来，却几乎变成了我逃也逃不开的噩梦。

我开始有意地去模仿她。

我太渴望那些光芒了，我羡慕那些好看的男孩子直直投向堂姐的目光，羡慕逢年过节亲戚对堂姐不绝于耳的夸奖，羡慕堂姐不费吹灰之力就能取得的好成绩，羡慕她拥有的一切。

可是不是每一只丑小鸭都能变成白天鹅。

我开始为了减肥绝食，却因为胃溃疡住进医院小半个月，本来不够拔尖的学业落下一大截。我强行取下牙套，却被妈妈发现差点挨揍，我学着穿高跟鞋，歪歪扭扭不但走不出好看的女人味，还扭了好几次脚。

我终于看清楚。

丑小鸭就是丑小鸭。童话书都是骗小孩的。

释然后的我眼里好像突然看不见一直困扰着我的堂姐。

我砸碎了这一面虚假的镜子，终于决定堂堂正正地面对自己。我要做我自己，不以任何人为参照物。

在堂姐去国外留学的期间，我考上了一所不算太差的大学，我没有蓄曾经最羡慕的大波浪卷发，还是一头清清爽爽的短发，却突然开始有眉目俊朗的男孩子同我说，你真好看。

我还是没学会像堂姐那样弹那种三角钢琴，比起轻音乐，我更喜欢激烈的架子鼓，有人找到我请我参加演出，穿上好看的演出服，我突然认不出自己。

那是一个好看的姑娘，她在对我笑。

我开心地和她拥抱，真好，现在的自己。

后来，我带着男朋友参加堂姐的第二次婚礼，这些年来断了联系，只是听闻她的日子过得不甚顺心，婚姻出了问题，看起来老了一些。只是美人始终都是美人，眉眼还是美，远远地超过我。

我开玩笑地问身边埋头苦吃的男朋友，堂姐比我美多少。

男朋友咀嚼着食物反过来问我，堂姐长什么样，只顾着吃，忘了看。

我失笑，突然想告诉曾经在自卑中恨不得把头埋进尘埃里的自己。

丑小鸭，也可以发出自己的声音，她说你很好，你听见了吗？

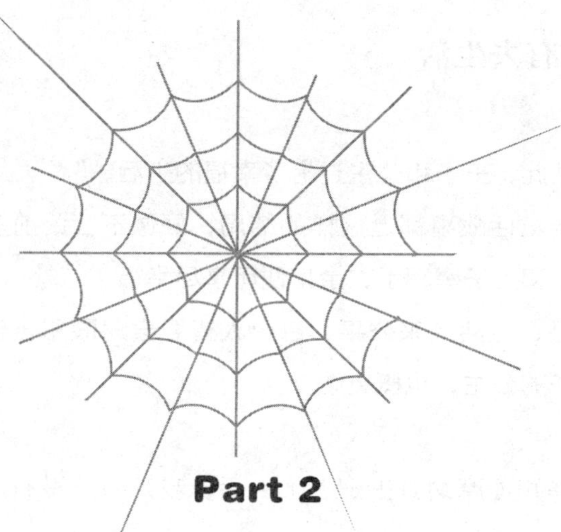

Part 2

你的坚持，终将美好

太阳，有时候在那么远的地方，好像黑夜侵袭了一切，但是，即便双眼盲去，却终究能够感受到阳光。

倾我所有去生活

“从此，王子和公主过上了幸福的生活。”

多半童话故事都是这样的结局，好像不管此前多么艰难，只要公主和王子牵起手，余生便可享尽幸福。

只是，生活向来公平，每个人皆要尝遍酸甜苦辣，即便是嫁给王子的公主，也概莫能外。

当得知《摩纳哥王妃》上映后，我几乎是没有丝毫犹豫便买了票。

或许对任何人而言，这实在是一部仅仅在宣传上就能吸人眼球的电影：《玫瑰人生》导演奥利维埃·达昂的执导、地中海之滨以赌场和F1闻名的摩纳哥的美丽景致、银屏内外奥斯卡影后的生活、富丽堂皇的皇室婚姻，以及结婚之后的爱情悲歌……

摩纳哥王妃的人生，就好似是童话故事中那般有着令人揪心的起承转合，由默默无闻直至声名沸腾。

然而，人们皆以为自此之后，她便可享尽荣华，享尽恩宠，时光就此定格在幸福之中，只因人们并没有看到浮华背后的真相。

爱情结束了，生活才刚刚拉开序幕。

精彩或是黯然，都由你来掌控。

影片开始时，银幕上印着这样的字幕："人们说我的一生是一个童话，因为它确实是一个童话——格蕾丝·凯利。"

是的，她的一生极富传奇性。1955年，她拿到了奥斯卡影后，得以与奥黛丽·赫本、玛丽莲·梦露、伊丽莎白·泰勒等齐名。也正是在事业上最佳的年龄，她突然息影，嫁给了摩纳哥公国的王子，成为风华绝代的摩纳哥王妃。这梦幻般的转换，让格蕾丝·凯利这一代女神成为当年最火热的话题。

作为世界上第二小的国家，摩纳哥公国让人记住的东西想必也只有蒙特卡洛F1赛道。然而，当这个国家迎娶了格蕾丝·凯利后，便瞬间名满世界，女主人也便成了摩纳哥最好的一张名片。

在未看这部影片之时，本以为它会浓墨重彩地描绘贵族的奢侈生活、皇室的辉煌气派、王妃的幸福时光、童话般的美满爱情。然而，随着情节的推进，它则越来越偏离我的预想轨道。

格蕾丝·凯利并非自此之后过上了幸福的生活，她戴着王妃的头衔，也要在丈夫、孩子，甚至国家之中周旋。

如若生活璀璨绚烂，则我爱生活本身；如若生活暗淡昏黑，则我只能感激，我是那么完好的自己，可以承担降临在身上的这一切。

最初之时，格蕾丝·凯利嫁入皇室后，过着金丝雀般的日子，犹如躺在了天鹅绒上，安逸而舒心，心中充满对生活的向往与感激。然而，当今天只是昨天的翻版，毫无新意，且因不

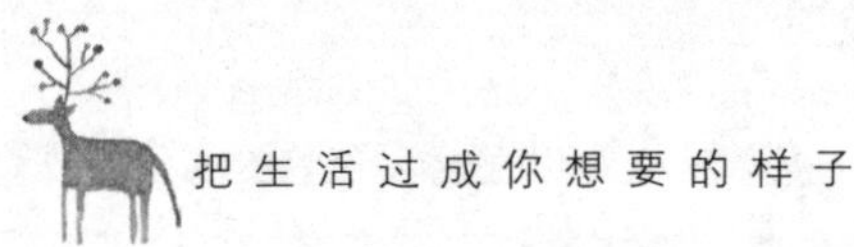

得插手摩纳哥的政务而渐渐与王子的感情变淡之时，存于她脑海中的离婚念头好似着了春雨一般，以无法抑制的速度快速生长着。

彼时，生活于她而言，不过是深深的讽刺。只是，她并不是毫无退路。当然，选择怎样的路途，便会迎来怎样的人生。无论离开还是留下，她都有能力去承担这一切。

正如村上春树所说："我或许败北，或许迷失自己，或许哪里也抵达不了，或许我已失去一切，任凭怎么挣扎也只能徒呼奈何，或许我只是徒然掬一把废墟灰烬，唯我一人蒙在鼓里，或许这里没有任何人把赌注下在我身上。无所谓。有一点是明确的：至少我有值得等待有值得寻求的东西。"

对格蕾丝·凯利而言，那值得等待、值得追寻的东西，除却爱情，还有自我的存在感。

心碎该是有声音的，只是它的声音小到唯有自己才能听到。

当王妃得知王子对他们的爱情不忠、夜夜欢歌时，她听到了自己心碎的声音，但无论王妃如何痛楚与悲伤，王子也听不到来自她心底的呼唤。

爱得最深时，往往也就是将尽时。他的心门已不向她敞开，他又如何看得到她的心泪。对于此，王妃自是心有怨言，只是大气如她，已在这金碧辉煌的囚笼中，懂得人情冷暖正如花开花谢，是自然界之中一种必然到来的季节。

因而，当希区柯克将为她量身定做的新剧本《艳贼》递到她手中，希望她重新出山时，她怦然心动。恰在此时，摩纳哥又发生了极为严重的外患，与之毗邻的法国步步紧逼，凭借强大的军事实力，封锁了摩纳哥通往法国的通道。

罗伯特·费罗斯特在《未选择的路》中写道：“一片树林里分出两条路，而我选择了人迹更少的一条，从此决定了我一生的道路。”

在取舍之间，在权衡之后，她没有选择那条可以站在聚光灯下享受众人艳羡的道路，而是决定学习去做一个政治人物，去做一个合格的王妃、一个合格的母亲。

于是，她回绝了希区柯克，走向了街头，走向了军队，并邀请欧洲要员参加摩纳哥举办的红十字大会，甚至还邀请了法国的戴高乐总统。在舆论的压力下，法国不得不撤回了军队，并尊重王妃的意愿，不再一味压迫摩纳哥。

格蕾丝·凯利，倾自己所有，挽救了整个王国，找到了自我存在感，也重新建立了自己与王子的爱情。

在岁月的磨损中，她渐渐老了，她不再是那个肌肤光滑、一笑倾城的奥斯卡影后。但是，她仍是美的，这美使她容貌如出水芙蓉，这美使她性情温柔而有力，这美使她敢于承担童话背后的生活。

莎士比亚在《罗密欧与朱丽叶》中写道：“名字代表什么？我们所称的玫瑰，换个名字还是一样芳香。”

叫她格蕾丝·凯利也好，叫她摩纳哥王妃也好，她都如盛放在生活土壤里那朵玫瑰一样，馥郁馨香。

为了一种理想的生活状态

据说，世界上有一种鸟，生下来就没有脚，一生都在努力地飞行，即使累了也只能在风里休息，而不是像其他的鸟一样，可以停下来，找个舒适的地方停靠，因为它一生只能有一次下到地上来，那就是死亡的时候。

他说，他就是那只鸟，所以他必须一直往前飞，不能停下。

他是我一个很久都没有见到过的朋友，只是偶尔从他的状态中，可以找到他的踪迹。

他的踪迹总是不定，像是信缰而行的野马，又像是振翅游走的飞禽，永远都在漂泊的状态中。他说，他喜欢那种状态，一路追寻着夕阳的足迹，一直向西，行走。

他喜欢夕阳下的美景，所以这么多年来，他一直处在不停的行走状态中，不断地追寻着不同地方的夕阳美景，不停地用双脚丈量着脚下的路，用自己手中的相机记录着夕阳的美丽。

他的镜头下出现过很多风景，有满目白色的雪，有面容模糊的人，有简单的饭馆，有精细的手工艺品。

很多人好奇他会将镜头对准这些东西，而且很多手工艺品上甚至还有中国的文化符号。他的回答让我们很诧异，但也很敬佩——原来，在这些有趣的馆子里，曾有过他劳动时洒下的汗水，而那些明显带着中国文化符号的手工艺品，则是他在空闲时间里创造的产品，卖出去，可以增加自己的收入。

他就是这样靠着一路的行走、打工，追寻着自己心中的梦想。后来，他上传了一大段视频，视频中的他乐观、开朗，虽然皮肤明显地黑了，还掩饰着挥之不去的沧桑身影。

再见他，是在国内一个小规模的全国巡回展览上了。在休息室里，我们围着一个小小的圆桌，我的面前放着一杯用纸杯盛着的纯净水，在他的面前则是一个跟随着他走遍所有地方的搪瓷缸，旁边竖立着一只保温壶。

这是他的重要装备。

看着搪瓷缸内壁上挂着的厚厚的垢，我很容易想象出，在这么多独自漂泊的岁月里，他是怎样用这只搪瓷缸充当着茶具、餐具，甚至是遇到下雨天时充当接水的应急容器的。这一点也是他在闲聊中提起的，他的帐篷用得久了，有的时候会漏雨。

在我出神的注视中，他平静地端起搪瓷缸，吹去漂在水面上的几片茶叶，缓缓地呷了一口茶。在国内的时候，他很喜欢喝茶，他说，喝茶能让他体会到回到故土的感觉。

每天早晨，他都会在起床之后，捏一撮儿茶叶，放在搪瓷缸里，冲水，然后做其他的事情。就在这过程中，叶片在水中伸展、翻滚，在水面上吸足了水分后慢慢地沉入水底，释放出浓浓的茶色。

这个时候，他已经能够坐下来，等着大部分茶叶都沉入水底之后，缓缓地品茶了。他端起搪瓷缸，推推架在鼻梁上的眼睛，再顺手抚一下鬓边的头发，把搪瓷缸放在唇边，“咕噜”

呷一口茶水，让它在口齿、舌膛间打个转儿，让涩涩的味道充满整个口腔，最后才一下子吞咽下去，润湿久久没有浸淫茶香的食道、胃肠，直至通透了心肝脾肺肾等五脏六腑。

每当这个时候，他总是表现出一副很享受的样子。

这一次见面，即便是我坐在他的面前，他也没有表现出丝毫的改变，依然是呷一口茶，慢慢地在口腔里打一个转儿，滋润自己的唇齿舌腔喉，然后慢慢地下咽，直至滋润了自己的五脏六腑。然后，慢慢地以同样的过程喝进第二口。

他是个话不多的人，而且很能耐得住寂寞。也正因为这个，我们——他的朋友们——从来不担心他的精神上会出现什么问题。当我们聊到这个问题时，他哑然失笑，轻轻地说了句："怎么会！"

我明白，在他的心中，一直都存在着一个难以安服的东西。正是这个难以安服的东西，让他一直处在旅途中，以自己的行走极力让它得到满足。在我们看来，这种东西完全可以被冠以"奢望"的字眼，而在他看来，它则是彻彻底底的"梦想"。

聊来聊去，我们就聊到了他的这次旅行，以及下次可能的方向。他轻轻地摇摇头，没有说话，只代以浅浅的微笑，他从来都是这样，并不会明确说出自己的计划，并不是他的城府有多深，其实他也不知道自己的想法。甚至头一天还在跟我们一起嘻嘻哈哈地聚会，第二天他就已经踏上了新的旅行。

我们都已经习惯了从公司到家"两点一线"的状态，至多会在假期来临的时候，安排一次短途旅行，其余的闲暇时间，全部浪费在看起来毫无价值的事情上，甚至还美其名曰“夜生活”。这个大城市生活的精彩部分，我们都早已习以为常的生活内容，却在他的面前，显得扁平、苍白而又黯然失色。

我问他，你会感觉累吗?

他说，当然会感觉到累，有的时候真想立刻结束行程，回家，但回到家乡之后，过不了多长时间，就又会非常怀念那种“在路上”的感觉，恨不得马上远走他乡。

我问他，你会选在什么时候结束这种漂泊的状态呢?

他先是轻轻地摇了摇头，才轻声地说，我就是那只没有脚的鸟，我停下来的时候，也就是我再也走不动的时候。然后，我会找个安静的地方，用笔继续这种旅行，记录下我这么多年积淀下来的东西。

我不禁哑然，哑然之余又不禁有些汗颜。这么多伙伴中，他是唯一一个能依从于自己的内心，能够在想法出来之后就立刻去实现的人。

有些人的灵魂只有在行走中复苏，他们在众人或艳羡或质疑的目光中反反复复地确定方向，找到位置，然后迈开步伐。

有人质疑旅行不过是为了在朋友圈里秀优越罢了。

我想他们大概从没有过那样的感触，为了一种理想的生活状态，不到万不得已绝不停下脚步。

我想他们应该不会了解这样的感受，因为他们一半的时间用来挣扎在庸常的生活中，而另一半的时间则用来质疑一种自己永远无法实现的生活状态。

他还会往前走的，像那只不会休息的鸟一样。

倾囊勇往，不负众望走一场

工作关系接触到很多商务人士。穿黑西服套白袜子，每当走路或者无意抬腿的时候，总会露出那一圈不合适的白；衬衫革履的年轻人，却挺着十分明显的“啤酒肚”；腰臀赘肉多却穿着紧身又微透的裙子，坐下来“游泳圈”毕现；露背却勒出一道边；包臀裙过短一坐下就现出粗壮的大腿。

对自己要求不高，总会露出破绽，不仅仅是外表。

我曾经有过一位35岁左右的女上司。那段时间我的座位就在她办公室的门口，她习惯早到，每每我到公司的时候，她已经精神焕发地坐在办公桌后面了。她的衣着总是简单大方，从不穿鲜艳的颜色，总是沉稳的黑、白、暗红、墨绿，材质真丝或者羊绒。虽然也会有偶尔穿皮草的时候，也不是特别厚重和贵妇的样式。

有一次，主办方颁奖，我看她站在一群大腹便便的中年男人中间，还是小西装，长及小腿的真丝连衣裙，长至胸前的大卷发，看起来成熟又温柔。

我到公司不久，她交给我一件任务，主持一个专家沙龙。下来后她跟我说，裙子要穿过膝的，还有，不能手托着腮看着对方的眼睛。

公司的年度盛典，要求穿旗袍，我需要站在红毯的尽头采访。请了外面的人给所有的工作人员化妆，轮到我的时候，她叮嘱化妆师，因为要跟嘉宾近距离交谈，不要用夸张的假睫毛，妆感自然点，把头发全挽上去。

有一次跟她一起出差。在路上她告诉我，前一晚工作到凌晨。她疲惫地笑笑，可是从头发到妆容上却一丝不苟。她上飞机就换了双轻质拖鞋，到卫生间10分钟后出来，妆已经卸掉了，隐形眼镜也摘下来了，头发松松放下来，回到座位上戴上发热眼罩就沉沉睡过去。飞机上响起快要降落的广播时醒过来。

去化妆间戴隐形眼镜、化妆、梳头，回座位换鞋，一气呵成，又是刚上飞机的精致模样，只不过疲惫感已经荡然无存，一副精神气十足准备战斗的状态：因为时间紧急，我们一下机，就要直接到对方公司谈方案。

我好像从来没有看到过她不整洁、不得体的时候。她不染发，因而也不会出现“黑黄不接”的发色断层局面；大部分时候只涂裸色指甲油，也从没看见过剥落露出营养不良的指甲盖的样子；嘴唇永远不会有干裂脱皮的时候。

如果说这一切都只是外表上的“得体”，那么，几乎见不到她高声大气地说话，也没有特别严厉地批评过我们。很长一段时间里，我总觉得她不像我的领导，更像是每个人初高中的时候都会遇到的一种英语老师，时髦、亲切、干脆、利落。

有一次，加完班在电梯间看到她，闲聊几句后，她问我：

“你买房了吗？”我有点不好意思地说：“没有，刚工作，没什么积蓄。”她又问：“有做什么理财吗？”我更难为情了，因为那个时候，我几乎是“月光”，钱从来都不够花。她看出我的想法，笑着说：“我是不是要检讨自己给你们加薪力度不够了。”然后又说：“女孩子每个月的工资都要计划分成几份，要懂得投资，投资自己。”

那时候我太年轻，并没有太理解其中的含义，羡慕她的生活和工作状态，却以为那都是金钱和地位达到一定程度后才能拥有的东西。

搭配衣服，打理头发，合适的妆容，拎合适的包，用护手霜，喷不刺鼻的香水，这是一个女孩子最基本的修养；坚持运动，多看点鸡汤和商务之外的书，再进阶一点去考个对工作有用的资格证，或者学个乐器，就是提升。这些都不难，只要你愿意稍微努力些，随着阅历和薪水的提高，让自己变好看变瘦变优秀，几乎是顺理成章的事。

难的是，如何在任何糟糕的状态中都保持自己的情绪，在任何不幸的遭遇里都能迅速地从中脱离出来，以及让自己突然陷入困境时不至于太狼狈。要一直保持着对自己高的要求，才能不断地在提升的人生中，准确地抓住自己弱点。

我也是过了很久才明白这些道理。

以前在学校，失恋的时候就不去上课，躲在宿舍里睡得天昏地暗，像个鸵鸟一样，以为只要看不见，就没有危险和痛苦。后来上班了，不能随便请假，压不下伤心的情绪，但也开始知道，别人只看得到你脸有多臭，根本不会知道你内心有多翻滚，而且同事之间的情谊，也不到体谅你的地步。

因为一次误会离开公司，才发现身上的钱只够交两个月的房租，还没算上生活费，不得不为自己的任性埋单，仓促地开始找下一份工作，根本来不及想清楚自己想要做什么，并且在每一次面试的时候都要尴尬地面对“你为什么离开上一家公司”这个问题。

在工作中，总是摸不透领导的脾气，每做一个方案，都要做好通宵修改的准备——事实上，也的确为此通宵过无数次。受不了对自己作品的质疑，总结不出经验，也控制不住自己的抱怨，越来越歇斯底里，甚至把情绪发泄到亲近的人。

总要遇到那么多错漏百出的时刻，才能明白要怎么走过未来的千山万水。天台倾倒理想一万丈，尝遍每个狼狈时光限时赠送的糖，才能站在朝阳上，脱去昨日的迷茫。正如《历历万乡》中的歌词，城市慷慨亮整夜光，如同少年不惧岁月长。你想要的，我想要的，只是和别人的不一样。为这一点点不一样，我们要倾囊勇往，不负众望走一场。

网络上有个流传的故事，说是“智商够高就不需要情商”，很多人为此奔走欢呼，自负地将自己归类。在地铁上被拍到秃顶、潦倒模样的窦唯，被网络嘲笑“不体面”，也照样有更多人为其辩护“神不需要追求外界认同”。但是，我们中的大部分人，都是普通人而已，我们都需要“跟这个太过麻烦的世界多打交道”。我们需要尽快摒弃的，是追求“诗与远方”的这场混战中的虚荣感和“鸡汤”式的人生。

美国101岁老奶奶画家摩西说，我今年100岁了，但我仍感觉我是个新娘，我想回到最初开始的地方，重新来过。人生永远没有太晚的开始，如同少年不惧岁月长。我一直记着那个永远温柔和精神焕发的女上司，她曾经和我说过一句话，让我在许多个萎靡不振的时刻惊醒过来：

“你总要想想，20年后是什么样。”

给自己一点慢下来的时光

读苏静的《知日》系列，看到一个有趣的故事：

日本职业拳击界有一位名叫高岛龙弘的拳击手，他在高中时期就已经获得大阪职业拳击比赛的冠军，被媒体称为“拳击少年”。

其实，在成名之前，龙弘有过一段奇遇。

13岁那一年，他曾经离家出走。

出走的理由，是因为压力太大。当时，他在家里排行第三，因为父亲在他上小学的时候就去世了，龙弘从小就肩负着照顾两个弟弟的重任，同时还要练习拳击。到了13岁，他终于因为家庭和练拳的双重压力离家出走了。

他漫无目的地在外游荡，当他走到隅田川大堤的时候，已经身无分文，肚子饿得厉害，但他实在不想就这样回家。

一想到回家之后需要面对的一切，他就觉得，还不如饿着肚子流浪。

这时，他遇见了一位50岁左右的流浪大叔，便央求大叔收留他。虽然大叔对突然出现在面前的少年感到吃惊，但也很爽快地同意了他的要求。

从此，龙弘开始了流浪汉的生活。

白天，他和大叔一起去便利店乞讨，晚上就在大叔的帐篷中裹着毯子睡觉，没有心情外出的时候，两个人会在一起聊聊天，但龙弘从来没问过大叔为什么会沦为流浪汉，大叔也没问过龙弘为什么离家出走。

两个人默契地生活了大半年，其乐融融。

直到有一天，大叔突然平静地对龙弘说："是时候回家了吧，家人和朋友会担心你呢。"

听到大叔这么说，龙弘才忽然记起家中的弟弟和一起练拳的伙伴，他惊讶地发现，当初离家出走时的绝望不知什么时候消失了。如今他回想起过去的生活，心中竟充满怀念和眷恋。

他想，是时候回家面对一切了。

后来高岛龙弘在大阪的职业拳击比赛中获得冠军，接受采访时，他诚恳地感谢了当初帮助过他的流浪大叔。

只是那位大叔这时已经搬离隅田川，不知道流浪到哪里去了。

当流浪汉时的体验，什么也不用做，什么也不追求的时光，净化了拳击少年的心灵，给了他重新振作的力量。这听起来像是日式小清新励志电影的某个桥段。

但我相信这是真的。

龙弘也好，我们也好，都是铆足了劲儿面对人生，一刻也不敢懈怠，只因为社会告诉我们，时间就是金钱，要努力，要进取，要比别人更好、更快、更厉害，只要想成功，就必须付出比别人更多的辛苦和磨难。

但其实，我们都害怕承认这一点：我们是因为害怕被落下，被嘲笑，被蔑视，才不肯安逸，甘愿吃苦受难，让自己拼了命地往前跑。

但是，人生有时像一根绷紧的弦，绷久了就会断。

在电影《丈夫得了抑郁症》里，堺雅人饰演的丈夫脑中就有一根绷紧的弦，弦断之后，抑郁症来了。

他每天睡不着觉，也没有食欲，却仍然准时起床准备早餐和便当，准时出门上班。他并没有去上班，而是坐在公园长椅上长久地发呆。他想，不行，我必须振作努力，但他仍然只是呆坐在那里，无法振作，也无法努力。

后来他终于去看医生，辞职在家养病。他的妻子小晴并不是要强的妻子，她没有在丈夫得病后痛苦万分，逼着自己全力撑起这个家，也没有受再多苦累也不说怨言——这不是一部苦情的励志电影。

小晴在丈夫得了抑郁症后，在日记本上写下一句话：我才不努力呢。

她只是微笑着告诉丈夫：“没关系，不努力也可以。”

如果痛苦的话，就别努力了，保持平常心就可以了。

平常心有多难得呢？

或许你需要亲自去体验流浪汉的生活才能明白，或许你需要得一场抑郁症才能理解，又或许，你需要慢下来，在生活里领悟。

上一份工作，我做得相当吃力，并不是因为不能胜任，而是因为过分追求完美。

常常为了一个项目熬夜攻关，为了上司一通责难就彻夜难眠，压力大到引起胃溃疡。那时的我，不肯容忍自己工作上有一丁点儿失误，不能忍受被责骂，为了将一份计划书做到完美，为了得到上司的赞扬，无休止地牺牲吃饭和睡觉的时间拼命工作。

脸色差，黑眼圈，偏头痛，经常上火、感冒，这些小毛病，我并没有放在心上，直到在某次项目会议上胃痛到昏厥。

从那以后，我就常常胃痛，但那一阵子恰好是我负责的项目的关键时期，实在没时间去医院，于是去药店买了一盒胃药，痛的时候就吃几颗，勉强支撑着继续工作。

策划案通过后，部门聚餐庆祝，吃饭吃到一半，我捂着胃，疼得直冒冷汗，被同事逼着去医院检查。

医生说是消化性胃溃疡。再也不敢死撑，我终于决定辞职回家休养。

辞职后回了家，彻底屏蔽了与工作有关的人和事。

早上睡到自然醒，慢腾腾洗漱，泡上一杯蜂蜜水，坐在餐桌前细嚼慢咽。下午花5个小时炖一盅汤。黄昏去公园散步，和小孩子嬉闹。夜里窝在床上看一部电影，读一本书。

两个月后，妈妈说，太好了，气色比刚回来那会儿好多了。

我对自己说，太好了，自救成功。

这两个月里，我并未明白多么深刻的道理，只是终于意识到，我并不是因为换了一个地方，换了一种生活，所以得到了滋养。滋养我的这一切——一杯蜂蜜茶、一盅汤、一场漫步，这些原本就是平凡生活的一部分。

此前以为，为了成功，为了完美，就必须努力到牺牲生活，牺牲内心。后来才知道，这种缺乏效率的努力，只是用来感动自己的工具。

读高三时，身边的人都努力备战高考，我也在一次高考动员大会之后，暗暗对自己发誓，除了吃饭睡觉，要把全部时间用来学习。

结果，我强迫自己坚持了两天，把心情弄得相当糟糕，学习也完全集中不了精力。

自此以后，我彻底醒悟，除了每天固定的上课时间，以及晚上两个小时的学习时间，绝不给自己增加额外负担，周末的电视节目绝不错过，假期一定会和朋友出去玩。

那年高考，我考了全校第一名。

这虽然不是特别值得骄傲的事——我所在的高中比较

一般——但我的确是轻轻松松考了第一，而且甩开第二名好几十分。

我并没有比任何人更聪明、更努力，而仅仅是比他们多了一分从容，多了一点平常心。但你会看到，我的每一分努力都有收获。

我相信那位拳击少年在漫长的、无所事事的流浪汉生涯里，找到了内心的平静。

再坏的状况，也不过如此了。而他在这种最坏的状态里，过得还不错。

既然如此，那还有什么好怕的？

抛开一切的结果是：终于有力量重新拾起一切。

得了抑郁症的丈夫，如果没有始终保持平常心的妻子，如果他的妻子嫌弃他得了病，责怪他丢了工作，甚至以为是他不努力配合，病才迟迟不好，那他大概也很难痊愈。

人生真的不只有一条路可走，这世间也并非只有一种成功的方式，并不是说成功就能拥有一切，失败就会失去一切。

我们只是普通人，站在金字塔顶端的人永远只是极少数，大多数人只是普普通通地度过一生。所以，不要用成功的压力把自己逼得无路可走，在有限的时间和精力里，给自己一点慢下来的时光。

你并不需要用辛勤的努力去感动别人，感动岁月，只需要按照自己的方式和节奏好好生活。

人生是慢慢做回自己的过程

认识两位做设计的朋友，一男一女。男设计师是典型的双子男，思维跳跃，他的设计作品满分，用他的话来说，叫有“feel（感觉）”。可是，面对客户的意见或刁难，他也总是最先“炸毛”的那一个。

“他们懂什么呀？”

“凭什么说我的设计不好？”

“那些人根本不知道什么才是优秀的设计！”

……

诸如此类的抱怨在他那里从没断过。

所以他的上司从来不让他和客户直接洽谈，怕他得罪客户。

女设计师和他正相反，她不仅不讨厌客户提意见，还很喜欢主动和客户沟通交流，一遍遍地改设计，从无怨言。

我问她：“别的设计师都很看重自己的作品，会有骄傲、坚持，你怎么不这样？”

她一脸坦然地说：“因为我想要的东西和他们不同。”

后来，她升职了，成为设计总监。

此时我才明白她想要的是什么。

而那位总对客户发脾气的男设计师，仍然留在原来的职位上，但他设计的作品得了大奖，指名要他做设计的客户越来越多，报酬也跟着水涨船高。

女设计总监说她还有更大的目标：成为公司高层，在更大的天地里施展拳脚。而那位不肯妥协的男设计师也计划着将来自己独立出去，开一间设计工作室，他说，到时候只接自己想干的活儿，做最出色的设计作品，绝对不给一群什么也不懂还喜欢指手画脚的人提供服务。

看着他们二人，你会发现无从去比较谁更成功，也没有办法预料谁的前途更辉煌。

你会发现世俗地比较是无意义的。

因为，你看到他们个性鲜明，目标明确，一心一意做自己想做、适合自己做的事，无论结果如何，你都会忍不住为他们叫好。

去年参加高中同学会，发现从前那些“优等生”都走上了相似的人生轨迹：在很好的大学念书，在更好的大学读研究生，或者出国留学，毕业后找一份收入不错的工作，成为大城市里体面的白领或金领。

这样当然很好，但相似的故事听多了，不免觉得乏味。而过去那些学习不好的“坏学生”，各自的经历五花八门，反而显得有趣得多。

有的人念一所三流大学，在大学期间开店创业，毕业时已积累了人生第一桶金，然后就全心全意投身商界。

有的人连大学都没上，没找到好工作，起初只是想赚点零花钱，在朋友圈做代购，慢慢积累了口碑，如今开了一家外贸店。

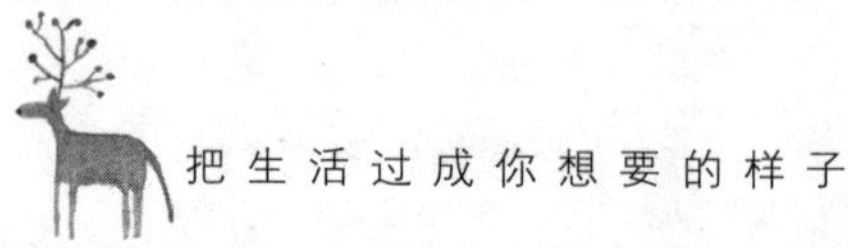

有的人打网游打得炉火纯青，成了职业玩家。

还有的人热衷旅游，打算当导游，结果偶然的机会加入了一个旅游评测软件的创业团队，负责内容运营，做得风生水起。

每个人都活出不一样的风景，这样多好。

看一看四周，人们都走着差不多的路，读书，工作，努力从一枚职场新人逐渐变成独当一面、游刃有余的职场精英。

但是，我们都会逐渐走上不同的路。有人奔着赚钱的路狂奔，梦想着有一天叱咤风云，改变世界；有人只想在一方小小天地里做到极致；有人为工作砍掉多余的生活；有人放弃体面虚荣，沉下心来经营自己；有人在生意场上如鱼得水，靠一张嘴就可翻云覆雨；有人则愿意坚守自我，在静默里完成自己的人生作品……

那么多种方式，每一种都有它不可替代的精彩。

关键是，你要有勇气选择一条路，然后迈步走下去。

朋友的姐姐，模特身材，从小就有人说她适合当模特，她却完全不感兴趣，只喜欢打篮球，每天大大咧咧地穿着篮球短裤在男生堆里玩得满身臭汗。

读高中时，朋友和姐姐出去逛街，恰好遇见在杂志社工作的叔叔正组织模特拍外景。原本预定的模特没来，叔叔看到侄女，眼前一亮，立刻将她拉过来，让化妆师为她打扮。

姐姐急了，拼命推脱：“绝对不行，不可能，我从来没有做过模特。”

叔叔劝道：“你就站在专业模特身边微笑就可以了，大家都知道你是业余的。”

“没关系，交给我们吧，一定把你打扮得漂漂亮亮，和模特比起来也不逊色。”化妆师是个女生，笑得甜甜的，手上动作利落得很。

朋友说，姐姐几乎是闭着眼睛任由人摆布。换好衣服做好造型化好妆，姐姐惊呆了。镜子里那个长发微卷、甜美可爱的女孩子是自己吗?

后来姐姐买回那一期杂志，左看右看，觉得很神奇，怎么看都觉得照片里的人和现实中的自己不是同一个人。

朋友见姐姐抱着杂志着了迷，问她：“姐，你是不是觉得当模特很不错？”

她不说好，也不说不好，只是仍旧抱着杂志入迷地看。

那阵子，家人甚至开始认真地商量起要不要支持她做模特的事，但又觉得她只是被一时的虚荣心所迷惑，也担心她的性格和气质不适合当模特。

终于等到她开口，出乎所有人意料，她问父母能不能同意她不上大学，她想读造型和化妆的专业学校，以后当一名化妆师。

朋友说，面对姐姐严肃的表情，父母不得不点头。

现在，姐姐已经成为好几位名人的专属化妆师。跟着名人去摄影棚时，身材高挑的她经常被人问是不是模特，她总是微笑着回答：“我是化妆师。”

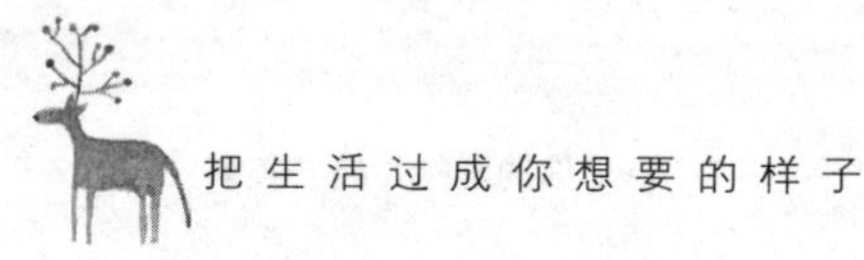

模特这份职业当然比化妆师看起来更光鲜，但假若空有模特的壳，没有模特的灵魂，她又何必勉强自己成为另一个人？

高更说过：“怎样去活，其实是没有答案的。”

没有答案，是因为我们都只能一直走在寻找答案的路上。

人生为何要成为一场比较，比谁赚得更多，谁职位更高，谁得到的名利更大？又为何一定要向着一个辉煌的终点进发？

人生最好是一个过程，一个寻找答案，慢慢做回自己的过程。

一位同事，生性散漫，讨厌朝九晚五的生活，辞职的想法在脑子里转了很多次，终于还是不敢。

我有一次去她住的地方，大吃一惊。她的房间里几乎整面墙都贴着乐队的海报，书架上则塞满CD，有些甚至是很珍贵的版本。她不好意思地告诉我，她是音乐发烧友，读大学时参加过音乐选秀节目，可惜预选赛就被刷下来了，一直以来的梦想是抱一把吉他走天涯，走到哪儿唱到哪儿。

“很理想化吧？”她苦笑，“我自己也知道。”

事实是，她担心自己以唱歌为职业，会活不下去，失败的话，会让最爱的父母失望。但朝九晚五的上班族生活，她又真的很讨厌，害怕自己这样下去，会对现实妥协，葬送自己的梦想。

听起来是个相当两难的选择，这让我想起以前听过的一个故事。

一个非常喜欢音乐的男孩，从小开始学钢琴，梦想是开一场自己的独奏音乐会。然而，他是家中独子，父亲经营的公司，他是唯一的继承人，念大学时，他遵从父亲的意愿读了商科。

父亲去世时，将公司托付给他。他很想将公司交给别人管理，自己去学钢琴，但他又不放心将父亲一生心血交给别人，何况，他并不缺乏经营的才能。一番挣扎之后，他终于痛下决心，接手了公司的管理。

事实证明，他的确很有经营才能，公司在他手里发展得很好，生意扩大了好几倍。十几年后，他开了一家音乐剧院，特意邀请世界各地顶尖的乐团和音乐家来演出。

剧院的首场演出，他担纲钢琴独奏，和世界顶尖的交响乐团合作了一曲拉赫曼尼诺夫，由他最崇拜的大师指挥。在顶尖的乐团面前，他的演奏也毫不逊色。

当然不会逊色。要知道，这么多年来，无论多忙，他都没有放弃练习。

演奏完毕，他在雷鸣般的掌声中哭了。他终于实现了梦想，绕了这么大的弯，等待了这么久，到底还是实现了。

我很想告诉那位同事：如果把理想中的你和现实中的你看成“非此即彼”的存在，那么，他们之间一定会演变出一场两败俱伤的角斗。

而心怀理想，将人生沉入现实最深处，你会找到1000条可以走的路。

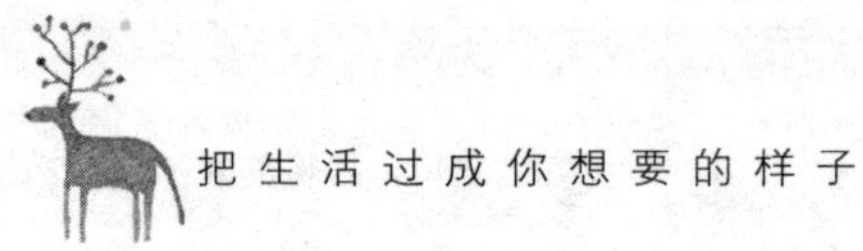

在人生的长河中，我们都要花很长的时间，走很远的路，才能最终成为自己。

时光微凉人安好

中秋节那天下午，我从圆明园走去清华西门见一个台湾朋友。

两年半前，我们才刚刚认识。那时，接待台湾杰出青年访问团，我负责全程摄影拍照。在欢迎晚会上，我被他们一群台湾青年强拉着上台与之互动。

主持人说到某个数字，大家要抱在一起凑成那个数，落单的则直接出局。主持人刚开口，台湾青年便团团抱住，只有我傻站在旁边，不知道该走向哪个圈圈中。

面对那些长相相似，却来自不同地区，有着不同经历的同胞，作为台上仅有的一个大陆人我忽然不懂得该如何走到他们身边去。电光石火之间，右边的人伸出手直接把呆愣中的我拉了过去。

晚会结束后，我们知道了彼此的名字，他送了我一块木刻的台湾地图。

他是我交到的第一个台湾朋友，也是我第一次收到台湾朋友的礼物。

当时，他将要来大陆交换；而我，已买好三天后去台湾的机票。

我们都错过了彼此在台北再次相见的机会，却没有理由地笃定，将来某天依然能再见，在北京或台北，或世界其他的角落。

快到清华西门时，他打电话告诉我他站的位置。那会儿，我刚走到路口，准备过红绿灯。

我其实很担心找不到他。

两年前的相识，那么多名字，那么多张面孔同时与你相熟时，你什么都记不住。两年未见，中间又联系甚少，他的样子在我脑海中已变得模糊，像是玻璃蒙上了雾气，一片混沌。

可我走过人群，却一眼能认出站在花坛边的他。

有些人认识很久却感觉很陌生，有些人刚相识却感觉一见如故。

有点难以置信，两年前才匆匆相识，一个在台湾，一个在大陆，如此幸运还能在一起喝咖啡，好像梦一般不真实。

“为什么不会再见，我又不会挂掉。只要活在世上，无论相距多少英里，都有机会再见面啊。”他非常诧异地反驳我。

那天晚上，从咖啡馆出来和他散步，一轮圆月高悬于天际，依稀还能遥望到几颗星星，风轻轻柔柔地吹拂，我闻到空气中浓郁的咖啡香。

我曾想过，中秋这天要一个人去吃顿自助餐，买最大份的爆米花和可乐看一场喜剧电影；或者买上一大堆零食躲在家哪儿都不去，等着半夜12点对着月亮许愿。

但却从来没想过，会有个跨海而来的朋友陪我过我其实很讨厌的中秋节。

他说，真开心，在大陆第一个中秋节，有你和我一起过。

我忽然想起，这几年的中秋，又是谁陪在我身边？

去年中秋，我在杭州出差，是在埋头写方案中迎来中秋的。

写完方案是凌晨3点，睡了不到两个小时就被设计师电话吵醒，讨论他新设计完的创意。

合上电脑的那一刻，我打开窗帘，才发现天已经亮了，酒店楼下的餐厅飘来了烤面包与黄油的香味，街道上又开始车水马龙，整个城市早已苏醒过来，又恢复了它的喧嚣与浓妆艳抹。

而我，又是这样一夜未眠到天明。

上午，跟客户提案并不顺利，被客户一直质疑。过节的心情像泄气的皮球，“扑哧”一下没了。提完案和客户吃过午饭后回到酒店，两天几乎没睡的我倒床即眠。

再次醒来时，已是第二天早晨。

第一次，我在沉沉睡梦中度过了中秋节。

没有扰人的短信与电话，没有聚会落单的孤寂，当然也不会有团圆赏月的温馨和幸福。一切，不过是瞬间的记忆错空。

我直接跨过，好像也免了那些徒增的感伤。

2011年的中秋，为了早上6点见到萨芬，我和欢欢提前一晚去了机场。

在凌晨的机场大厅，因为萨芬，我们认识了好多天南海北的朋友。我们把月饼当作消夜，感谢这辈子居然这样的好运气能见到萨芬。更重要的是，天南水北的我们，此时此刻还能陪伴在彼此身边。

后来，每每回想起这个中秋，就像她所说，眼前都会是那天清晨见到萨芬时的怦怦心跳和夜晚北理工操场的大月亮，翻出照片和日记，把那一天在心里再过一次。

2012年的中秋，我和男朋友，还有豆瓣上一群文艺青年去了坝上草原。

刚入秋的草原，草已经枯黄，却有另一种说不出的苍凉之美，我爱极了。那里有片白桦林，风一吹，树叶沙沙作响，像是伴奏，只等朴树嗓音沙哑地唱出那凄美的爱情之歌，“心上人你不要为我担心，等着我回来在那片白桦林……”

我一个人不敢骑马，他牵着我的马走了差不多四五公里的路，脚上直接涌现了N多个水泡。晚上的篝火晚会，在民宿店老板破旧音响的伴乐中，我们一起跳舞，明亮的月光下，他偷偷亲吻我的脸颊。

草原，中秋，骑马，篝火晚会，还有身边的他。

那是我愿意此生就此停留的幸福得晕头的中秋之夜。

遗憾的是，那个完美的中秋后来成了我有意识抛弃的记忆。

因为，最终我们还是分开了。

如果不细细回想，我还未意识到这些年，我是在不同的城市，跟不同的人一起度过中秋。那些人中有朋友，有闺密，有同事，还有过去的恋人。

每一个人都在我的生命中出现，并扮演着那么重要的角色。

我和他们每个人都走过了一段时光，有些时光已逝去，有些时光是钟表上秒针刚刚走动的距离。

未来，无数个中秋节，也许有人陪我过，也许我自己躲在地球上某个异国他乡没有地名的夜空独自赏月。但一点关系都没有。

纵使岁月悠长，时光微凉，旧人新事依安好，再可叹，此生无憾。

太阳很远，却终有阳光

我们时常会不得不在一个个路口停下来，等待绿灯亮起的那一刻，急速穿过路口。

我们又时常不得不停下匆忙的脚步，只因为一些事情突然闯入了我们的生活，让我们慢慢行走。

我是一个特别容易急躁的人。记得刚毕业那几年，曾有一段时间为了工作而奔波，甚至觉得等待本身就是在耗费生命，无比漫长。我原本以为阅读可以让自己放松下来，结果却非我所愿，根本无法扫除我的焦虑。

于是，我和哥哥说，我抑郁了。他说，你应该多出去走走，没钱说话，我有。

听了哥哥的话，我心里瞬间像开了一扇门。门虽不大，但足以通通气了。

不知为什么，从来没有与“抑郁”产生任何瓜葛的我，此时竟然会用这个陌生的词，来形容自己近期的、偶尔而又短暂的感觉，但它又似乎是最合适的词汇，让我给自己提个醒。

后来，我似乎真的拿了哥哥的钱做了次长途旅行。汽车在山路上颠簸，我的胃肠也在颠簸中共振，让我一时晕车晕到了无以复加的地步。看着自己吐得连五脏六腑都要吐出来了，竟然瞬间有了“自杀”的念头。回想起来，只感觉当时的自己真是奇怪。把人家的车吐得很脏不说，居然只记住了因为太难受想不如死掉的闪念。

现在想起来，那个时候幼稚地既可爱又可笑。

生老病死本就是人无法逃避的事情，我没有在那段山路上自杀，但不久就经历了相处多年的姑婆的过早离开。本来，我是希望她能活到120岁的呢。

姑婆还是走了，不管是到了中国传统的冥府，还是西方耶稣建立的天堂，我都难以忘记。

后来，在整理姑婆遗物的时候，姐姐跟我讲，姑婆临走前还在念叨着我，问我怎么没来，姐姐只说我一路晕车，回去休息了。

于是，每当想到这段往事的时候，我都会将热泪噙在眼眶里，让它围着眼珠转几圈，然后再落下去，或者缩回去。

姑婆的“远行”，又让我联想到了很多阴暗的事情，比如到我老了的时候，是不是也会遇到这样的情况呢？那时候，丈夫可能在也可能不在，儿女可能会因为工作，离我千里万里，大概也都不在身边，身患重病、孤苦无助的我，或许也会自然地想到死亡，得到正常的圆满。于是，因为姑婆的离去而大抵忧郁的心，又稍稍开解了些。

小时候，我是个偶尔自卑的人，其实到现在也还会偶尔自卑。一个人不可能永远自信满满，如果始终如此的话，可能TA就是病态的。如此一想，我的心情竟然会豁然亮堂起来。

因为经常关注《鲁豫有约》，我看到了李兰妮，就是在罹患重度抑郁症之后，写出《旷野无人》的那个女作家。之前我就知道这本书，但直到看到了对她的专访，才知道原来是讲抑郁症的。

我有亲爱的爸爸妈妈和哥哥，也有狐朋狗狗一大帮，一个人出门的时候，手机信号满格、电量充足，甚至欠费停机的时候都会有人及时代缴，能让我即使跑到天涯海角，也能及时被找到。并且，我还有别人艳羡的工作，有自己的爱好。在别人的眼里，我几乎就处在幸福的中心，我还有什么好抑郁的呢？

或许这一切，正是导致我抑郁的“隐形衣”吧！

或许，患有抑郁的人，无论已经达到了什么样的程度，都不是最先由患者意识到的，或是意识到了却不愿意承认而已。对于我来说，即便我知道了这个词，也变得不再陌生，但也不代表自己就有，或者程度非常轻。但不管有没有，我觉得自己都应该预防，并正确认知它。

以自己喜欢的方式，过自己喜欢的生活。这样就好了。

从上小学开始，我就喜欢独来独往，初中、高中阶段好了很多，到了大学基本上还是在延续中学阶段的状态，很少参加活动，比较懒于行动，甚至怀疑自己得了心理疾病，纠结着要不要去看心理医生。但是，我终究没有去找心理医生，即便我曾从心理医生的门前无数次经过，或许还是性格中孤独的那一面在起作用吧！

不知道，也懒得去想了！

总之，身在幸福中心的我，就这样幸福地活着，因为我确实没有太多理由，再去悲伤。

记得还是那期《鲁豫有约》，一位医生说："要做一个普通人"，我想他应该是说让人们在心态上做回普通吧！

李兰妮也说，要想战胜抑郁，要先心中有信仰，有盼望和爱。

我终究不愿看到更多的人陷入抑郁，更也不愿任由抑郁毁掉人们的幸福生活。很多时候，人们的幸福是根据比较产生的，但比较之下的幸福感却又短暂而极易失灵。

幸福感失灵，恐怕也会导致抑郁吧。

太阳，有时候在那么远的地方，好像黑夜侵袭了一切，但是，即便双眼盲去，却终究能够感受到阳光。

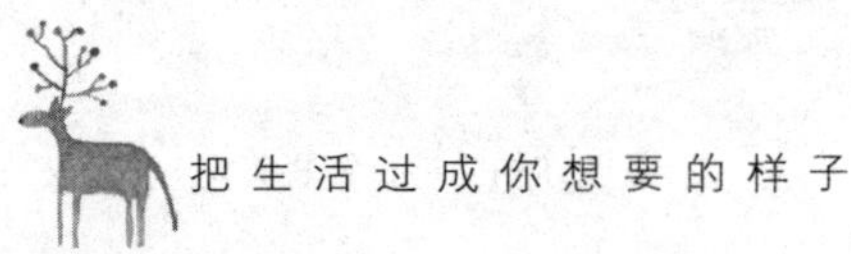

最后的最后才是生活

大部分的女生都是喜欢猫的。

我小的时候，也非常喜欢猫，甚至把养猫看得比其他任何事都重要，于是便不断地养，陆续养过20多只猫。只是那些毛茸茸的精灵，都是在家里住上一段时间，然后便以不同的方式奔向死亡。

要么吃了吃过老鼠药的老鼠，要么被人抓了去吃肉，要么便是在与同伴的斗殴中身亡！

但这从来没有浇灭我养猫的强烈意愿。

虽然家猫之间也会斗得势不两立、不可开交，但也有看得对了眼的，即便是同性之间，像极了我们人类。当然，有的时候也可能是看对方可怜，不忍其再流浪。

于是，家猫通常会邀请流浪的猫咪来家里做客，被邀请的猫咪，有的腼腆，有的娇羞，有的态度暧昧至极。对于这些不请自到的猫，我通常表现出明显的态度——对不跳上桌偷吃的猫咪爱护有加，但对不听话的，则是要骂好长时间之后，才给东西吃！

读书了，眼界自然也就更加开阔了许多，甚至从文章里，都可以探寻到爱猫人的蛛丝马迹，比如林语堂，他的爱猫与别人家的猫在屋顶打架，他不光要拿着竹竿去帮忙，还要在自家猫下来了后，愤愤不平地咒骂上几句。

后来升了学，到外地上学了，才不得不离开温馨的家，以及我在那里养的最后一只猫。奇怪的是，在我离开后，那只我最后收养的小猫，竟然在家里生活了三四年。

它总算是活下来了，而且还很长寿的样子。

很快，我又有些惆怅。难道，我天生克猫？！

想起那段养猫的岁月，毕竟在我的生活中，从来没有缺少过猫的影子，黑的、白的、花的、肥的、瘦的、丑的、俊的，是它们满足了我的情感，让我现在回想起来都记忆犹新。

林夕一辈子没有得到他的所爱。但是，对于爱情的至纯至真的幻想，却被他用文字表达出来。出道25年，他在这座用文字筑起的爱情圣殿里，不断地体味爱一个人的感觉。

这何尝不是另一种幸福呢？

得不到的才可以十年如一日地在心里骚动。

有一次逛地摊，一个卖鞋的大叔的鞋子款式格外新颖，甚至在顾客试穿的时候，他还能讲出顾客适合穿什么样的鞋子，什么样的脚穿什么样的鞋。

出于好奇，我和他攀谈起来。原来，他曾经是一位女鞋设计师，因为公司倒闭了，才出来卖鞋，混口饭吃。

我猜想，他也许并不是个太牛的设计师，他曾经供职的公司，也未必是一家叫得上名的企业。然而，他可以骄傲地说，他曾经是一名设计师。在普通世人的眼中，他也许是一个失败者，但他的过去却令他自豪。

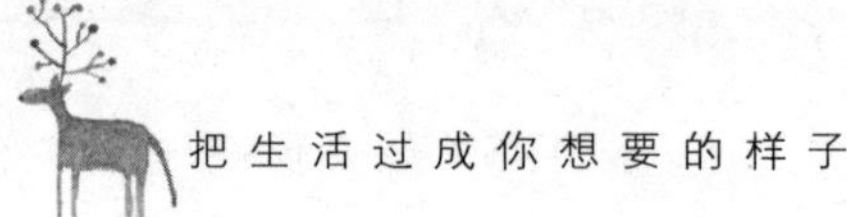

这又何尝不是件幸福的事情呢？

我们生活中总会遇到太多的“失败者”，也许就是我们，也许不包括我们。

我也曾幻想过自己，成为某个高级写字楼里的小领导，或者成为一个成功创业的小老板。

当一切飘浮在空中的梦破碎，当现实不容置疑地摆在面前，我们未必会感到不幸。

梦想实现了，是人生最大的快事；梦想破灭了，我为梦奋斗的那些岁月，就成了平淡的一生中最值得珍藏的财富。

在筷子兄弟的《老男孩之猛龙过江》里，王太利一直想写一首《我想去纽约》，写了十几年，却一个字都没写出来。

后来，他散尽钱财，费尽周折地接到了一档美国选秀节目的入场券，却阴差阳错地被卷入了一场黑帮斗争。这自然没办法实现他们通过选秀节目改变生活的梦想，最后又不得不回到了自己的生活。

直到这个时候，他才恍然大悟，写出了人生的第一首歌，让这首《我从来没去过纽约》，成了最动人的旋律……

我从来没去过纽约，
从没有到过夏威夷，
从未穿着牛仔衣淋着旧金山的雨；
我从来没去过纽约，
我要感受着自由的空气，

我想要挣脱束缚释放我自己。
当我站在街道旁，
我已经带了所有的东西，
护照、信用卡和Money。
或许能赶上今晚的飞机，
路灯下就停着出租车，
坐公交或地铁也不错。
心跳的感觉来临在这一刻，
再次充满梦想的我，
要放纵自己把束缚摆脱。
我真的想离开，
想要离开。

但人生的追求，终究不是总能实现的了。就像筷子兄弟，当借美国选美改变现实的梦想破灭后，除了回到原来的生活，还有什么能做的呢？

既然破灭了，回来继续当下的生活，未必就不是一种幸福的姿态。于是，

我买了包香烟，
原路返回到家里面，
走过潮湿、发霉熟悉的楼梯间，
老婆说你怎么才回来，
……

山顶风景固然秀丽壮阔，群雾缭绕。可我们终究还是要下到山脚，做衣煮食填饱肚子。

云再好看，抬头一眼就看到了。

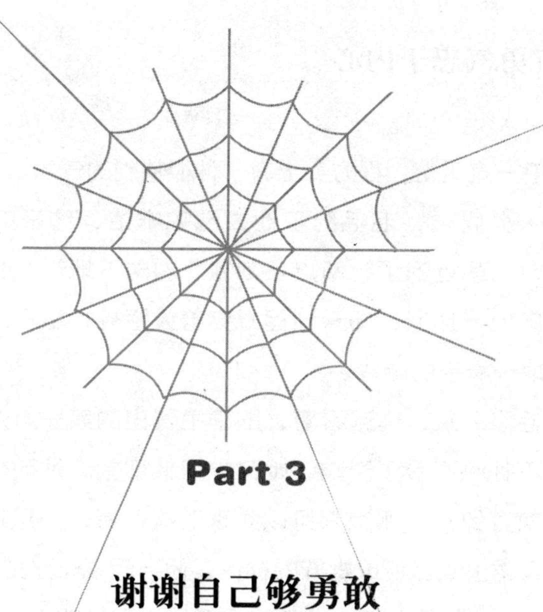

Part 3

谢谢自己够勇敢

我希望自己永远都不要想着将就，永远都不要活在别人的评论意见中。当觉得自己在将就地生活工作恋爱时，能有勇气打破一切，重新选择新的生活，即使艰难险阻不断。

这是我对自己唯一的期许。

愿你有勇气忠于内心

毛毛一直觉得，程方身上有一种很特别的气质。

有一次周末，毛毛约了他去泡咖啡馆，约好的是下午两点，她自己却迟到了，两点一刻才急匆匆下地铁。当她火急火燎地跑向地下通道，却看到程方穿着大短裤，坐在地上，倚着墙悠闲地玩着手机游戏。

毛毛停下来，远远看着，脑子里冒出的第一个念头是：地上难道不脏吗？看了半晌，她又觉得他那副席地而坐没正形的样子，简直像一个哪里都可以为家的流浪者。经过他的人都瞟他一眼，露出或惊讶或嫌弃的神情，他当然毫无察觉。

程方一直以来就是一个不太在乎别人眼光的人。

大二的暑假，他一个人去南方旅行，辗转到了某个不知名的小城。在小城充满复古风情的街道上闲逛了半日后，他遇见了一个卖艺的中年男人。

那人40岁左右，留着蓬乱的胡子，浑身脏兮兮的，弹一把破旧的吉他，吉他盒里还扔着一把口琴。

程方在旁边听了片刻，来了兴趣，上前搭讪。二人聊了一会儿，中年男人便将手上的吉他递给了程方。就这样，程方弹吉他，中年男人吹口琴，这一对奇妙的组合引得路人纷纷驻足。

短暂的合作很愉快，程方的加入给中年男人增加了不少收入。收工时，男人从吉他盒里抓了一把纸币，要送给程方。

程方没接，嘻嘻一笑，转身走了。

还有一次，也是暑假，他去西藏。说好一星期左右就回来，结果一个月过去，毛毛也没接到他回来，打他手机也不通。

程方不会是因为高原反应死在哪座山上了吧？毛毛心惊肉跳地想。

过了几天，程方终于回来了。问他干吗去了，他轻描淡写地说，也没干吗，只是交了个朋友，在他家住了一个月。

毛毛没办法生他的气，她只是觉得害怕。

程方脑子很聪明，轻而易举地考上了重点大学，在大学里成绩好得很，不用她为他的将来担忧。他也是个温柔的男友，对她相当迁就。但毛毛知道他很讨厌束缚，也讨厌循规蹈矩的生活。她担心这样下去，未来的某一天，他真的会抛下一切，去到一个她不知道的地方追寻自由。

而毛毛原本的打算，不过是大学毕业回到家，陪伴在父母身边，从此安心工作，安稳生活，就像她的父母所希望的那样。

终于，在那次迟到的约会中，毛毛冲程方发了火："你有大把时间出去旅行，为什么没时间多陪陪我？！"

程方一脸莫名其妙："学习和旅行之外的时间，都用来陪你了，还不够吗？"

毛毛感觉自己的怒火被当头浇了一盆凉水，她叹了口气："你喜欢我吗？"

"喜欢。"程方一副理所当然的模样。

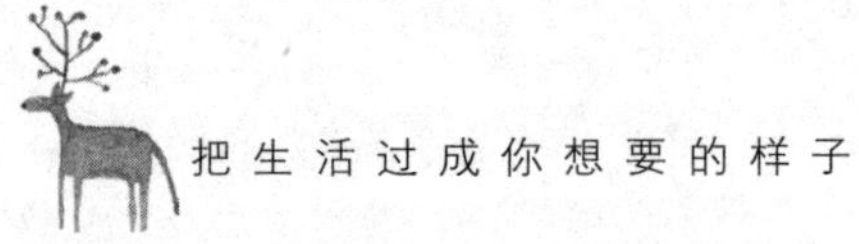

“有多喜欢？”

听到这个问题，程方露出疑惑的表情，半晌才摇头，说了一句“不知道”。

那次约会，毛毛借口不舒服，早早回去了。

她想，这就是答案了。

这个男生，可以轻而易举地成为任何地方的任何人，融入哪里都不会显得突兀，而她想要的，不是任何地方的任何人，而是一个会留在她身边的男友。

他们在毕业之前分了手。

毛毛将“分手”两个字说得斩钉截铁，所以程方什么也没有说。

她至今仍记得程方当时的神情，那是一种介于吃惊和震惊之间的表情。毛毛觉得，这件事带给他的影响也就仅此而已了。惊讶过后，程方一切照旧。只不过是和女友分了手，这一点也不妨碍他继续四处游荡，生活自由自在。

后来毛毛听他室友讲，程方在那之后有一个星期的时间没有去上课。毛毛也只是心如止水地想，是吗？

毕业后，毛毛回家，爸妈早为她安排了工作。没过多久，她开始有条不紊地相亲，很快就和一个门当户对、长相性格都不错的男人结了婚。

双方父母分别为他们购置了房子和车，婚后她继续工作，日子过得平稳安静。丈夫的职位和薪水稳步上升，毛毛在30岁之前，按照计划怀孕生子。

有时，哄宝宝睡觉，长夜无聊，毛毛也会想起大学时期的那段恋情，想起那个从来不带她一起旅行、从不在乎别人眼光的男生；但更多时候，她在客厅逗宝宝笑，丈夫在厨房叮叮当当做饭，她享受着眼前的一切，觉得自己做了正确的选择。她确信自己是幸福的。

毛毛32岁那年，丈夫晋升为主任，应酬一下子多了起来，她虽然孤单，倒也因为有儿子相伴，日子不至于难过。

接下来发生的事情，过于顺理成章，从丈夫的回家时间、手机、钱包、衣物，以及前言不搭后语的谎言和越来越恶劣的态度中，毛毛知道他已经变了。

她去找父母商量，父母却怪她多想，甚至还劝她，丈夫升了职，工作压力大，要对他温柔点。

毛毛听出了父母的言外之意，在这座小城里，父母也算是有头有脸的人，她不能把事情闹大，不能给他们丢脸，为此她必须睁一只眼闭一只眼，忍气吞声。

那天，毛毛照常去幼儿园接儿子。开车回家的路上，在一个十字路口等红灯，她忽然记起程方过马路双手插在裤兜里目不斜视的样子，而那时的自己总是挽着他，紧张地东张西望，有一次他看着她笑，说了一句：跟着我走，别怕。

红灯变成绿灯，后面的车叭叭地按喇叭，她忽然泪如雨下。

当初为什么没有勇气跟着他走呢？那些未知的路，不属于世俗的路，没有经过验证和精心安排的路，为什么害怕踏足呢？

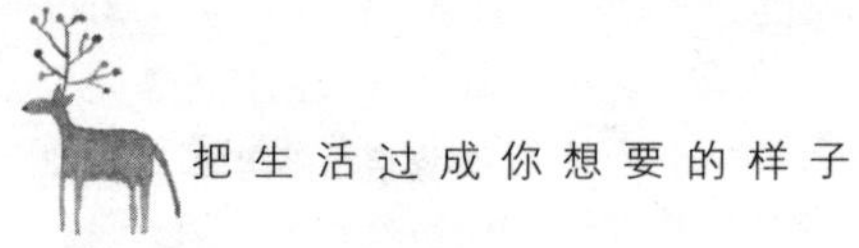

10年过去了，她活得这样安稳，然而苟且，父母甚至要求她继续苟且下去，牺牲尊严和幸福，敷衍着过这一场人生，只为了保住脸面。

当初是她自己选择了踏入世俗的安稳轨道，也就必须遵守这个轨道里的规则，正如当初是她选择了放开程方的手，如今也就没有资格再后悔。

但是，毛毛想，她也可以像程方那样吧？她也可以成为另一个地方的另一个人，而不是仅仅将自己禁锢于这座城市，禁锢于女儿、妻子、母亲的身份吧？

经历漫长的拉锯战，和父母冷战数回，和丈夫吵架、谈判数次之后，毛毛终于离了婚。单亲妈妈，她知道自己还有很长的路要走，或许还会很艰难，但她知道，她不会再后悔。

我们之中的大多数人或许也是这样，拼命追求看得见抓得着的安稳，追求别人眼中的光鲜和虚荣，然后把日子过成日复一日的苟且，失去幸福而不自知。但庆幸的是，走过许多弯路之后，我们终将意识到，他人认可的幸福和脸面，只是虚空，而从前被视为虚空的自由、爱情、诗意和远方，其实是生命里最真实的存在。

离婚后，毛毛在朋友圈里发的第一条状态是：

愿你我看得见自己要走的路。

愿你我任何时候都有勇气忠于内心。

任性地做一次逃跑者

丁雨薇是我们这一群姐妹当中最不安分的一个人。

她本是一家知名报纸的编辑，本可安安静静地坐在开着冷气的办公室里敲键盘，轻轻松松地拿固定的工资，就算是生活享受比不上那些开着豪车、住着豪宅的富二代，至少也是吃穿无忧，让人羡慕。

但是，她偏偏以编辑的身份去干记者的活。炎夏的正午，当单位所有人都在有空调的屋子里边吃饭边聊明星八卦时，她则扛着笨重的摄像机跑到三里屯的街上，报道一起连环撞车事件。午后三四点，同事们正无聊地浏览网页，看到丁雨薇拖着疲惫的身子回来，则又立即强打起精神，凑到她面前，给她端茶倒水，向她嘘寒问暖，其目的不过是想从她那里得到报道消息。

丁雨薇早已忘记午饭还未吃，打开电脑开始写报道。写好之后，她又编辑校对这篇报道有无硬性错误。待一切无误之后，她便把文档打印出来，呈交给部门领导。

然而，领导最大的本领便是从鸡蛋里挑出骨头。不过5分钟的时间，丁雨薇便被叫进领导的办公室，被告知她所写的那篇报道并无特别之处，而且写报道所用的手法也太过时，不够吸人眼球。

丁雨薇知道，一下午的辛劳又化为粉末。

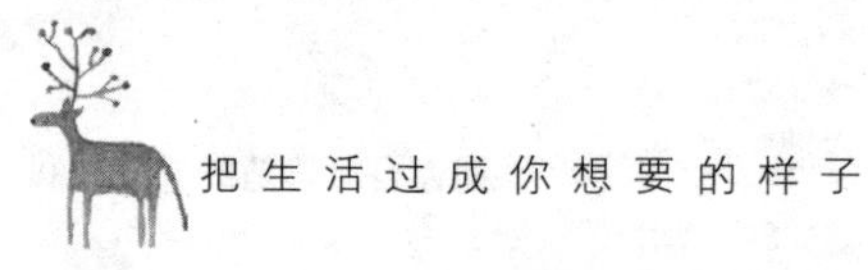

然而，第二天印出的报纸上，她写的报道却占据新闻版的头条，署名却是和领导有着暧昧关系的同事的名字。

这样的事情，一而再再而三地发生。丁雨薇一次次地闯进领导的办公室，却总能被领导无厘头的理由给驳回去。而下一次她又嗅到新闻的气味时，她还是能不顾一切地去现场挖掘不一样的资讯。

每次我们一群姐妹为她打抱不平，她总是说："谁让我喜欢记者这个职业。"

更确切地说，她喜欢每一次冒险。

每个月，她所在的单位开一次选题会，所有的人都要参加。在选题会上，同事们提交的选题要么与当下混乱的娱乐圈有关，要么与富二代或官二代有关。而丁雨薇提交的选题，总是与人性关怀有关，比如贫困山区的教育问题，重点古城的保护问题，墨脱、雅鲁藏布江等地的地势问题。

选题会上，领导很快给其他同事布置了相关任务。接到任务的同事，欢喜地回到自己的工位上。最终，会议间只剩下领导和丁雨薇两个人。

领导清一清嗓子，对丁雨薇说她提出的选题太大太难操作，即便花费精力做出来，也没有多少受众群，报纸的销量必然会受到影响。

领导说到这里时顿一顿，而丁雨薇已经知道自己会接到女性化妆品，或是当季流行的露脐装选题。如若她拒绝，那就只能去做编辑的工作，检查一篇篇文章的标点符号、错别字以及语法不通问题。所以，她只能接住领导抛下来的选题，而在私底下找自己所提选题的资料。

在同事眼中，丁雨薇就是一个过分固执的疯子。

昨天晚上，看完一部恐怖电影，正好接近凌晨。电话铃声猛然响起，把我吓出一身冷汗。

看到来电显示是丁雨薇的号码，我按下接听键就一通骂。搁在平日里，她定会血淋淋地骂回来，并且不带一个脏字。但这一次，她像个哑巴一样听我说完后，笑嘻嘻地问我："亲爱的，猜猜我在哪儿？"

"你除了在家里憋着写新闻稿，还能在哪儿？"很显然，我惊魂甫定，因而嘴巴变得狠毒。如果是在以前，我一定会假装说出几个让人匪夷所思的地方。

"错。我在伦敦的广场上喂鸽子啊。"

伦敦广场的风一定很大，所以丁雨薇几乎是吼着对我说话。她的声音，从欧洲传到亚洲，让我觉得有一种龙卷风的味道。

直到那时，我才真正意识到丁雨薇的"不安分"有怎样的魔力。她可以忍气吞声在一个地方长久地做下去，因为那里有她的梦想。她也可以随时乘坐任意一趟航班逃离这个满是淤泥的地方，只为了喂一喂鸽子，呼吸呼吸陌生城市的空气。

我在电话里让丁雨薇给我寄明信片回来，她问我想让她在明信片上写什么。我说写什么都可以，只要明信片上有伦敦的盖戳就好。

我知道，她写在明信片的话，应该是最能反映彼时彼刻的

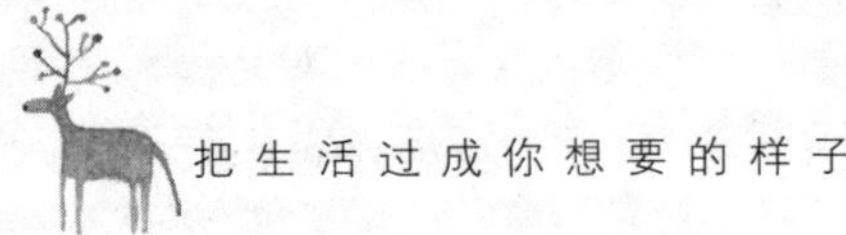

心绪的话。

我没有问她什么时候回来，因为她是一朵在空中飘浮的云。她不会把自己的行踪，轻易地告诉任何人。

在丁雨薇离开的那些日子，同事们的情绪由兴奋转为低落，而后又转为焦急。部门的领导亦是如此。

没有人愿意在暑天的时候满大街去找新闻，没有人写得出一篇有价值有深度的新闻报道，也没有人会像丁雨薇那样认真地修改标点、检查错别字。

一个人或是一座城市的价值，是在离开的时候。这句话说得一点儿都没错。如果不是离开，丁雨薇永远都是同事们眼中的小丑。而她真正的存在价值，就只能在人们的无视中湮没无闻。

当丁雨薇从伦敦回来，再一次走进办公室时，同事们竟一个接一个向她嘘寒问暖，问她去了哪里，是不是身体不舒服，更有甚者请她去吃饭、看演唱会。她对人性洞若观火，知道同事的笼络是为日后进一步利用，却没有道破，反而和颜悦色地给予感谢。

然后，她拿着一封辞职信敲响领导办公室的门。领导的门并没有上锁，完全说一声“进来”便可，但那一次领导离开办公桌，殷勤地为她打开门，并吩咐一名下属员工倒来一杯热水。丁雨薇见怪不怪，不发一语地听着领导说为她升职，让她自行去做自己感兴趣的选题，凡是她写的报道都会放在显眼位置，且保证署上她的名字。

听完领导的话，丁雨薇正好把那杯热水喝完。领导紧张地注视着她脸上的表情变化，以为刚刚说出的条件足以笼络一个爱记者职业的人。然而，丁雨薇偏偏不是一个能以常理判断的人。她仍旧按照意愿拿出那封辞职信，整整齐齐地放到领导的办公桌上，请他接受并签字。

领导显然有些急了，便做出保证，凡是丁雨薇提出的条件，他都可以满足。

“谢谢您这几年的照顾，我想休息一段时间。”

“那休息过后，还会来上班吧？”领导抓住空子。

丁雨薇没有回答。领导清楚留不住丁雨薇，只好做一个顺水人情，说他可以介绍她到新华日报工作，那里有他的大学同学。丁雨薇再三感谢，却没有接受领导的好意。

她不想再那么累。生活的味道本来就是苦涩的，她想在苦中作乐。

丁雨薇真的从淤泥一般的生活中逃走了。

她所有的行李，只是一个大布包。她停靠的第一站是云南。在洱海的一家客栈里，她做了一名服务员。半日打工，半日休息，薪水自然不高，但已足够支撑她游荡。休息的时间，她全都用来看山看水看人。

丁雨薇穿当地的服饰，吃当地的特色饭菜。与所有的异乡者不同，她不是来旅行的，而是把自己完完全全当成一个当地人。世界这么大，哪里都是栖身之所。身在哪里，心也就该在哪里。

丁雨薇的手机长时间关机，我没有办法主动联系她。而听到她的声音时，往往是在深夜。她的语气不再愤世嫉俗，不再气急败坏，她也不说自己生活如何，而只是告诉我，客栈里发生的有趣的故事，以及她在附近游荡时看到的迷人风景。

我问她以后怎么保持联系，她半真半假地说道：“亲爱的，请让我消失得彻底一点儿。”

我像以前那样揶揄她：“你以为你在演琼瑶剧，甩了霸道总裁还玩儿起消失。”

她的笑声比以前爽朗得多，应该就像云南那边清澈的夜空一样。

以后，丁雨薇又去了敦煌，去了青海湖，沿着青藏线去了西藏。之后，她又自西藏进入尼泊尔、柬埔寨等地，在东南亚一带过着打工与流浪相交织的日子。

从她传给我的照片来看，她变瘦了，也变黑了。但是，她的脸上多了发自肺腑的笑容。那种笑容，我知道是假装不出来的。

有一天晚上，她给我打来长途电话，对我说她已经攒够了钱，也抢到了特价机票，她要马上飞往欧洲了。

“又去伦敦喂鸽子吗？”我心里佩服她的勇气，嘴上却不饶她。

事实上，她没有去伦敦。

她去了土耳其，坐上热气球俯瞰为生活奔忙的整个国家；她去了希腊的圣托里尼岛，在那片把全世界的蓝色都用尽的地方痴坐了3天，读完了一本外国原著；她还去了罗马，在广场上吃着冰激凌听当年斗牛的呼喊声；她还去了捷克，站在人群中听流浪歌手一首接一首唱歌。

她去的都是小众国家。她说人群稀少的地方，更容易听清自己的心跳，更容易把旅行命名为逃跑。

丁雨薇重新回到北京这座人满为患的城市，已经是两年之后。

在这两年的时间里，我一直写永远没有完结的稿件。其他姐妹也在原来的公司里，重复做着相同的工作。还有一位大学同学，她读完研究生，又考上博士生，一直羡慕我们拥有宽广的世界，始终抱怨自己的生活太无聊、太枯燥，也想迈出校门接触新鲜事物，但她从来没有勇气跳出那座围城。最终，她在博士生毕业后，又考取公务员，在事业单位做着千篇一律的工作。她从来不知道外面的世界有多精彩。

只有丁雨薇一个人，敢于公然挑衅既定的生活规则。当初她任性地把琐碎糟糕的世界甩在身后，如今背着一个布包回归，身上衣衫褴褛，心中却充盈饱满，色彩斑斓。

她把自己定义为一个逃兵，而我们却把她视为凯旋的将士。

两年的时间里，我收到了来自世界各地的明信片，署名都是丁雨薇。

那些明信片上有些是随兴而起的只言片语，有时是描述一个地方的人情与风光，有时则是摘抄一段外国小诗。每一张都令我动容，因为它们是丁雨薇真切走过的痕迹，但我把这些明信片都放到了一个不常打开的盒子里。

唯有丁雨薇去伦敦喂鸽子那次寄来的明信片，被我当成了书签。每次看书时，都会看到明信片后面写的字：

做了那么多年的好战士，这一次我想做一个任性的逃兵。

世界辽阔，总会还我们一个完整的梦

唐子淳，梦想的偏执狂，有洁癖的处女座。

3年前，我们在一次共同的朋友聚会上认识。一直以来，我们并没有太多的交集，但我总是能从朋友的闲谈与唏嘘中听到他“不疯魔，不成活”做摇滚的事迹。

“毁掉我们的不是我们所憎恨的东西，而恰恰是我们所热爱的东西。”这是尼尔·波兹曼说的一句经典名言。我觉得这句话放在唐子淳身上实在太过贴切。我们就是那样无能为力地看着他背着沉重的梦想，想要穿过云层冲向可以容纳一切的天空，却一寸寸向下坠落。

任何人都不知道坠落到深不见底的山谷后，他会选择带着伤痕重新起飞，还是就此把梦想连同对生活的希望一并埋葬。

坐在咖啡馆里闲聊的时候，唐子淳永远是我们话题的中心。在这个黑夜被霓虹灯照亮的时代，梦想远比一杯咖啡要奢侈得多，也远比一杯咖啡更让人觉得矫情。在平凡得如蚂蚁一样的我们看来，唐子淳是一只拼命想要逃出平凡围城的猛兽，让我们佩服的同时，也让我们觉得他不过是在做垂死的挣扎。而在他看来，我们坐在咖啡馆里无所事事的闲聊，不过是在等着死神前来报到。

梦想，把我们的距离隔开了好几道街。

但是，说不清是嫉妒，还是羡慕，我们看似漫不经心实则聚精会神地关注着他的每一次转弯，准备在他下坠时看他的笑话，或是在他起飞时举起手为他鼓掌。

唐子淳毕业于一家并不知名的音乐学院，毕业后多半同学都走进中学校园，做了一名音乐教师，也有几个家境富裕的同学到国外知名音乐大学进修，只为混一个唬人的头衔。而他则带着摇滚至死的执着信念，千里迢迢来到北京，和几个意气相投的朋友组建了一支摇滚乐队。

那一支乐队，是他梦想的起点。当然，也可以说是他中毒的开端。

在那支乐队中，唐子淳做鼓手，并负责乐队原创作品的作词和谱曲。他们排练的地方就是他租住的地下室，见不到阳光和月光，看不到树梢和蜻蜓，也听不到雨声和风声。唐子淳打鼓极其用力，手持鼓槌的地方，已经多次渗出血液。他只好贴上创可贴，忍着流血的疼痛，继续练习乐曲的拍子，调整乐曲的节奏。鼓声、吉他声、贝斯声，以及主唱唱出的歌声，交织在一起，是一种掺杂着太多复杂情绪的呐喊。

没错，是呐喊，是对这个太苛刻的世界的呐喊，是对太疲惫的生命的呐喊，是对太强烈、太顽固的梦想的呐喊。

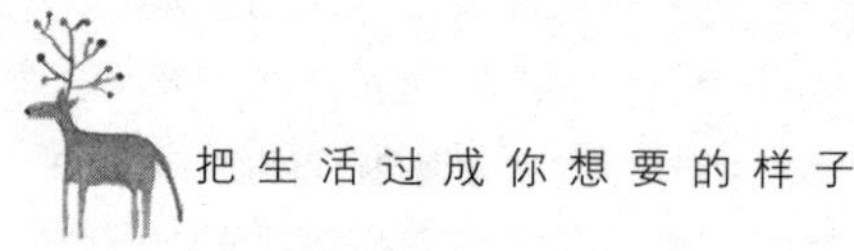

一曲唱完，每个人都大汗淋漓，每个人都沉默得如同死去，每个人的眼睛里都有某种说不清道不明被压抑的液体。

乐队其他人走后，狭小的屋子里只剩他一人。已过深夜，他仍旧接着练鼓。隔壁有人愤怒地敲开门，警告他不要再闹出动静，他只是机械地答应一声，随后又敲出旋律。一整夜过去，鼓面上已滴满血珠和汗珠。

既然选择了这样的道路，就只能硬着头皮走下去。他站在落了灰的镜子面前，仔细端详自己，脸上有疲惫，也有跃跃欲试。

他手握鼓槌倒在床上。就先这样睡去吧，睡醒后还有千万里泥泞的路要走。

唐子淳把录好的歌寄到多家唱片公司，过了1个多月仍没有收到任何回复。坐在主题餐厅里演出时，台下的人们只是大快朵颐地享受着晚餐，并没有人回过头来投以赞赏的一眼。多半时候，嘈杂的碰杯声，都会盖住奋力敲击的鼓声。

午夜散场，他通常没有进一点儿食。见到还未被服务生收拾的餐桌上仍留有吃剩的饭菜，他便默默地坐下吃起来。

他一边咽下凉却的残羹，一边咽下冒生出来的绝望。他并不懂，为什么坚持梦想的人，多半生活窘迫。而那些老老实实待在围墙里的人，生活富足，健康长寿。

他的生活就像一间没有窗户的地下室，没有光线，密不透风。每天所做的事情，就是作词谱曲，练习打鼓，录制歌曲寄给各个唱片公司，在主题餐厅演出。

唯一让他看起来与众不同的是，他心里始终升腾着梦想的热气。唐子淳并不知道尽头在哪里。或许，这条路从来就没有尽头。即使知道或许永远与梦想隔水相望，但他的字典里似乎没有收录“放弃”二字。日子难熬时，他顶多是一支接一支抽烟，以及蒙着被子在地下室里睡觉。

然后，睡醒后再重新开始。

在主题餐厅演出的那一段时间，他喜欢上了餐厅里一个相貌普通的服务生。当他把要追求那个女人的消息告诉乐队里其他人时，他们都对其嗤之以鼻，说凭着唐子淳的帅气完全可以追求一个更好的女孩儿。

唐子淳给出的理由很简单：“我养不起更好的女孩儿。这个服务生在不忙的时候总会看我打鼓，也知道给我留一份没有动过的饭。”

乐队的哥们儿听到这话都沉默了。并不是所有人都能同时承担得起梦想和生活的重担。

唐子淳和那个服务生女孩儿在一起了。她没有宏大的梦想，只想把日子过好。她也并不知道自己真正想要什么，生活给予她什么，她就全盘接受。

即便是热恋的时候，唐子淳也很少腾出时间来陪她。她并不是不伤心，只是不忍责怪他。毕竟，在对她表白的时候，他已经说明他并没有多余的时间，也没有多余的钱。

他们的关系一直维持得很好，从未走得太近，对彼此的感觉就保留着最初的印象。至于那些生活深处的难堪与阴暗，只

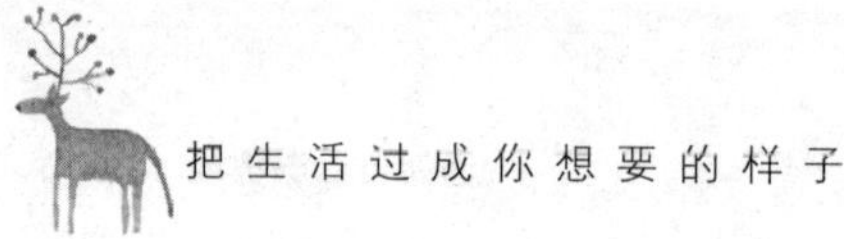

有自己以及屋里的那面镜子知道。所以，他们都认为彼此是最相爱的一对，也为从未吵过架而深感欣慰。

在3个月纪念日时，他因为录一首新歌忙碌到半夜。她拿着午夜场的打折电影票来地下室找他，他一脸迷茫，全然不知道她那一天为何那么热情。

在踌躇片刻之后，他最终还是拒绝了和她去看电影。他用轻柔的布擦拭鼓架与鼓槌，随后吩咐她坐下来听她打鼓。她把电影票放进包里，按照他的指示坐在床沿上。在澎湃激昂的鼓声中，她心如止水，并不打算生气，也永不会把今天是什么日子告诉他。

打得大汗淋漓时，她拧干泡在脸盆里的毛巾，为他擦汗，并用叠好的干布把鼓面上的汗珠也擦掉。那一晚，她没有离开那间地下室，而是听他说了整晚的梦想。朋友们都说他想做第二个崔健，其实他并不想复制任何人。他只想在自己身上贴上摇滚的标签，做打鼓界的牛人唐子淳。

时间不等人，也不等梦想。一晃就是两年。两年的时间，唐子淳搬过一次家，但仍住在地下室。他的乐队仍在各个餐厅演出，只有嘈杂的环境，没有忠诚的听众。他依旧坚持给各家唱片公司寄歌曲小样，但都石沉大海。

两年的时间，他们都看到了社会给予的冷眼。因为看不到希望，主唱回到家乡继承了父亲的事业，贝斯手创办了一个贝斯补习班，吉他手在父母的安排下娶了只见过数次的女孩儿。

这个乐队还是解散了。在解散那一天，他们四个人去酒吧喝酒，一直喝到凌晨4点钟。从酒吧出来，正赶上下雨。那是唐子淳唯一没有练习打鼓的一夜。

第二天一大早，他把女朋友约到一家很小的奶茶店。店里只有工作人员在忙，他为女友点了一杯红豆热奶茶，自己则要了一杯清水。过了一会儿，他终于直截了当地提出分手的要求。他对她说，乐队已经解散，接下来的日子会更苦，时间也更少。在她没有厌倦、埋怨他之前，分开是最好的选择。

她试着挽留，而他已做出决定。他请她喝的唯一一杯红豆奶茶，她没有喝出一点儿味道。

在不知重新起飞的迷茫日子里，他回了一次家。

那一天正好赶上亲戚们聚会。越是热闹的地方，唐子淳越感到孤独。大人们最爱做的事情，无非就是挤在一间屋子里，说张家长李家短，顺带不经意地说起自己的孩子多有出息。

大舅妈说儿子今年毕业，已经拿到了知名外企的Offer。姨外婆说自己的孙子在部队的医院里，做得风生水起。二姨说自己的女儿在香港旅行时给她买了一条紫水晶项链。

唐子淳的父母只是静静地听着，适时夸奖一下别人的孩子，有时也朝低着头的唐子淳投来略带哀伤的眼神。不知是谁问起唐子淳现在在做什么，忽然之间整个屋子就静下来。唐子淳看看父母，又看看眼前这群等着看笑话的人，轻描淡写地说道，他在北京做音乐。

有人紧接着问，做得怎么样。他回答，还可以。

有关他的话题就此中断，人们又互相吹捧起来。

聚会结束后，屋里只剩下唐子淳和他的父母。父亲抽着旱烟不说话，烟雾弥漫整个屋子。母亲低着头暗暗抹泪。唐子淳只说，让他们再给他3年的时间，如果3年之后依旧闯不出名堂，他就安顿下来。

他离开家的那天，父亲像往常一样把他送到了火车站。

后来，他仍旧在北京的一间地下室里创作，同时帮人做一些谱曲的工作。他也寄出过很多歌词，有几首被人买下版权。

日历一张张被踩在脚底，他剩下的时间越来越少。这期间，他并没有闯出什么名堂，只是一再受着梦想的蛊惑，不间断地练习打鼓。每一个夜晚来临时，他似乎都很平静，仿佛已经做好了换一条道路的准备。

他并没有预料到，事情会有转机。

在一个大型的摇滚乐比赛现场，他心潮澎湃地坐在台下，评委席上坐着他最崇拜的摇滚主唱。比赛看到一半，他在上洗手间的空隙误打误撞走进了后台。后台即将上场的乐队捶胸顿足，一阵慌乱。他偷偷问旁边的助理发生什么事情，助理告诉他，鼓手肠胃炎忽然发作，不能上台。唐子淳鼓起勇气走过去，说他就是一名鼓手。

就这样，他没有参加任何排练，没有看一眼曲谱，就随着只有一面之缘的乐队走上台。台上光芒四射，照在他面前的架子鼓上。

在演奏的时刻，唐子淳看到他最欣赏的评委正聚精会神地看着他。

你终将成为你梦想中的样子

上周六下午，我和梧桐去尤伦斯当代艺术中心参加“你好，尼泊尔！”旅行分享会，分享者是我们共同欣赏的旅行家——树小姐。

现场，幻灯片上各种各样的尼泊尔照片一闪而过，树小姐不可思议的尼泊尔经历幻化成美妙的音符飘散大厅，甚至隐隐约约还能闻到空气中尼泊尔香料专属的气味。

我看到一小束光照在梧桐小姐恬静的脸上，想起去年这个时候和她在博卡拉面对鱼尾峰喝马萨拉茶时，惊讶地发现一直嚷嚷着要去尼泊尔一边看珠峰一边喝茶的两个人此刻正做着这些事，不禁感叹，猝不及防地，彼此都成了梦想中的那种人，想做的事情都做过，想去的地方都到达过。

高考前，同学间流行相互写毕业纪念册，班主任发现大家上课都在兴致勃勃地写这个后就严令禁止。大家开始偷偷在下晚自习后写；在宿舍举着手电筒写，奋笔疾书好像在书写自己光明而美好的未来。纪念册中有一栏是“希望自己以后会是什么样”，我记得当时给所有同学写的都是希望大学期间能出去交换，毕业后在外企上班，成为满世界出差的职业女性，成为一个有质感的人。但那时，我甚至不清楚有质感真正意味着什么。

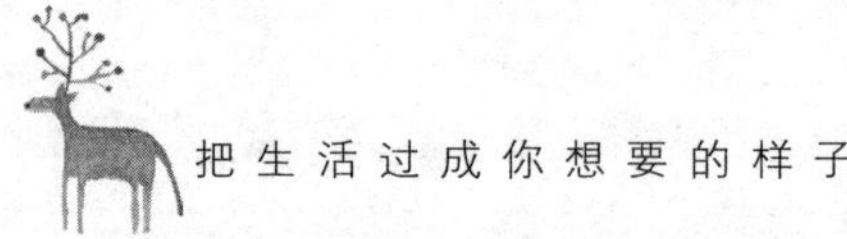

大三，北京的冬天飘着白雪，我在半夜抵达温暖的台北。到达学校整理完行李后凌晨四点才睡，八点又起床去注册报到，恍惚的神经在看到陌生而熟悉的繁体字，听到软软的台湾腔时彻底清醒。

当晚，我迫不及待地跟梧桐分享在台湾第一天的新鲜经历：出境口对着巨大的行李箱手足无措时，陌生的台湾人急忙跑过来主动帮我；接机的老师给我们带来了香甜爽口的热带水果，而我之前从没听说过；去学校途中经过淡水，一片灯海，泛着浅浅柔光，惊艳了我的心；喜欢听台湾人说话，不管他年纪多大，只要他开口说，总感觉他仍然是18岁的青春少年，软软的而上扬的神调，就像台湾的风，软绵绵的，不腻人……

絮絮叨叨了半小时，挂电话时梧桐突然说，我知道你会这样，我从来没怀疑过你不会出去交换。那一刻，我意识到自己在走向梦想中的自己。

大四的时候，我开始在专业课上老师不断提到的公司实习，每天早上都要穿越整个北京城，在西边与东边间来回奔波，整整一年。有时加班到深夜害怕遇见坏人，就从地铁口一路跑回学校，提醒自己第二天带防狼喷雾；看不懂英文资料时，就利用坐地铁和吃饭的时间狂背英语，还因此经常坐过站；担心下班后学校澡堂已关，会叫室友帮忙多提几壶热水直接在浴室冲凉。

现在，我在公司两年了，每天都有开不完的会，接二连三的头脑风暴，不停地写创意简报和会议纪要，依然常常被客户质疑创意作品修改好几回，依然常常加班到深夜，第二天还要早起精神饱满地提案。但没有什么比看着我们作品上线或拿下比稿时更让我感到快乐。

我没能成为满世界出差的职业女性，但我成了会自己去旅行的职业女性。我常常对着地图发呆，看着地图才会觉得世界都展现在眼前，而我也融入世界中。那一个个千奇百怪的地名竟然有那么多让我疯狂迷恋的历史、美景和人，而我不敢相信自己那么幸运，居然曾跨越万水千山，踏上过那一些土地，这种感觉美妙得不得了。

我记得在小琉球环岛旅行遭遇台风，民宿老板连夜帮忙订船票回高雄，因没提前告诉我们台风警报而分文不收；在高雄住民宿，老板没露面也不催房费，打电话给她，却让我们把钱直接放在门口信箱，一点都不担心我们会“携款而逃”；在越南夜间巴士上醒来发现旁边的越南人不怀好意地盯着自己，吓得连忙叫醒周围的背包客才安心，但第二天看到一半沙漠一半海水的美丽时，一切又都忘记了；还有坐了一天一夜的大巴被柬埔寨边境工作人员敲诈后又凌晨四点起床，只为了等候世界上最美的景色——吴哥窟日出。一叠A4纸都写不完的故事，是世界给我的礼物，也是我自己给自己的礼物。

我依然不知道有质感的人是什么样子的，这又有什么关系呢？

在自己的小王国里，我看着自己一步一步慢慢变成了玫瑰，暗自散香，骄傲而自足。

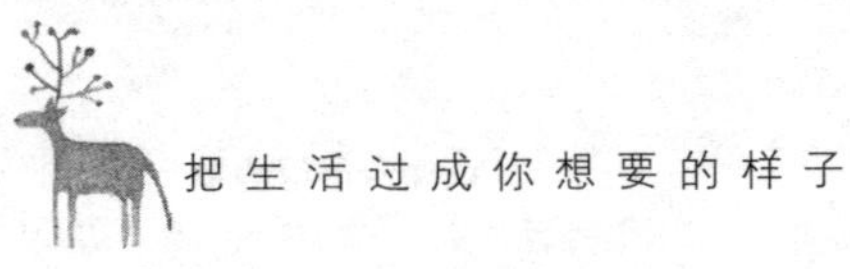

愿这个世界没有将就

以前看过一篇小说，名字特别拗口，早就忘了。

故事情节倒是清清楚楚地记得，两个大学就相爱的人，后来女主角去了国外，而男主角一直在等她，一等便是7年。

有一次，男主角在等车的时候跟暗恋他的邻居妹妹说，你以后会明白，如果世界上曾经有那么一个人出现过，其他人都会变成将就，而他不愿意将就。

小说毕竟只是小说，苦等数年，再次重逢，之前的种种误会都抵不过两颗相爱的心，最后完美结局，相依而终。

可是，在柴米油盐酱醋茶的俗世烟火和滚滚红尘之中，大抵没有几个人最终不是将就着恋爱，将就着结婚，将就着工作，将就着生活。

于是，大多数人常常都活在这种将就的虚幻世界中，并乐此不疲。他们以为抵达了幸福美满的终点站，殊不知，其实不过就是路上的临时站台而已。并且，他们还要不断地规劝他人少折腾，将就就好。

我有个朋友艾琳，40多岁的女人，没有结婚。

认识她，是在东南亚的某家青旅里。当时，我问前台那个菲律宾小姑娘青旅里是否有人计划去柬埔寨暹粒，如果有，请告知我。因为我想找人一同前往，不仅安全，而且可以分摊路费，一举两得。

第二天早上，我出门去吃早餐时被小姑娘叫住，她让我在小花园的凉椅上等她，然后就跑掉了，我被弄得云里雾里，不知道她到底要干什么。

几分钟过后，她从走廊那边朝我走来，旁边还有个中国女人，看上去三十好几了，一眼就能看见她眼角的皱纹，身穿一件纯黑T恤，搭配一条民族风纯棉阔腿裤，头发随意地扎起来。

是个有气质的女人，我在心里对她啧啧称赞。

这个中国女人就是艾琳，是我在柬埔寨旅行的游伴，后来，是我非常尊敬且要好的朋友。

我当时很好奇，她怎么一个人出来旅行了，怎么放心得下小孩，而老公又怎么会同意。不料，艾琳非常直率地脱口而出，我单身，没结婚。

我自己感到尴尬，有点不好意思，这种类似于打探人家隐私的行为实在算不上一个好的开始，连忙道歉，讪讪地转移了话题。

艾琳却满不在乎地说道，“没有关系啦，这又不是见不得人的事，没有必要藏着掖着。不只你一个人有这样的反应。但其实，我一个人过比两个人过要开心潇洒得多。要是像其他大多数女人一样，现在我只怕在家刚送完小孩上学，在去菜市场买菜的路上。这种生活，对我来说才比较可怕。那不是我所想要的，我所想要的，就是现在此刻的我正经历的一切。”

她对自己有着清冷的认知，头脑清清楚楚，知道自己想要什么，自己需要什么。这中间的界限泾渭分明，她不会允许自己在界点上徘徊犹豫。

艾琳年轻的时候交往过一个长达8年的男朋友。

8年的时间，怦怦心跳的感觉早就烟消云散了，两个人在一起的时间越久，她便越下不了决心牵手一生，总觉得对方不是自己适合的结婚对象。

想放弃，却担忧后面是否还有更好的那个人，而且之前的时间成本已摆在那儿；不放弃，将就着这样过，又总有不甘。

就在艾琳权衡、猜测、评估、摇摆不定，甚至孤注一掷时，她意外地获得了公司外派伦敦一年的机会。

这个天降的机会，成了压倒骆驼的最后一根稻草。

艾琳义无反顾地去了英国。

当然，男朋友不会愿意再等她，而她，也不需要他等她。她终于有了勇气，对那个原本打算将就的自己说了句再见，再拍拍手，重新上路。

那年，她刚满30岁生日。

所有人都觉得她疯了，病得不轻，包括她爸妈。大家都劝她不要去，不要再折腾了，安安心心嫁给他，放弃这个机会，回来同样是工作。

在伦敦工作一年后，艾琳辞职了，申请了伦敦政治经济学院读研究生。

毕业后，她在英国一家颇有影响力的媒体工作。

她的生活安稳，工资够高，每年都有外派世界各地的机会，一切看上去都很好。朋友给她介绍了一个伦敦人，两人相处愉快，但缺少情侣之间的那一点点心动与甜蜜。

眼见女儿年纪越来越大，她的妈妈每天都电话或上网催她不要再拖了，如果合适就结婚；那种所谓的感情一点都不靠谱，时间一长，所有人最终都会变成亲人；不听老人言，吃苦在眼前……

后来，她主动和那个伦敦人分手了。她的妈妈知道消息后把她骂个不停，对她是恨铁不成钢，已经处在了绝望的边缘。

这个时候，她已经快35岁了，成了所有人眼中嫁不出去的剩女。

但她一点都不在乎，开始每年一个人全世界乱跑行，做义工，练瑜伽，参加禅修，学探戈，甚至还写书。一个人过得风生水起。

对于结婚与否，她有自己的信仰，遇到真正让自己心甘情愿就此一辈子和他走下去的那个人就嫁，不然，不为了结婚而结婚，自己过得开心就好。

总之，绝对不再委屈自己，绝对不将就。

你看到她，会想到独立、自由、气质、洒脱，但是不会想到“恨嫁”二字。

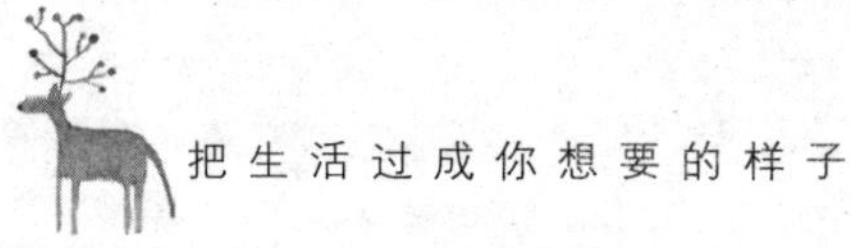

我和她一起旅行时，她刚刚辞了外人艳羡的工作，打算环游世界后，再定居芬兰。因为，她喜欢冬天，喜欢极光。

母亲节那天，我和她在去往金边的大巴上，她给她妈妈打电话。

我听到了手机那端她妈妈的声音：好好旅行，做你想做的事，你自己开心幸福就足够了，不用担心我们。

我身边的很多同学朋友，刚大学毕业才22岁时就恐慌自己嫁不出去。每年春节回家后的to do list（必做事项）就是相亲。

大家都在比谁先结婚，谁嫁得好，谁先有小孩。生怕自己一旦过了25岁的门槛还没嫁出去，就沦为众人的笑话。

有时候，只要遇到一个不讨厌的就开始盘算结婚的日子，什么时候生小孩比较好。偶尔犹豫不决时，就有声音在安慰自己就这样吧，谁又不是这样的。

我希望自己永远都不要想着将就，永远都不要活在别人的评论意见中。当觉得自己在将就地生活工作恋爱时，能有勇气打破一切，重新选择新的生活，即使艰难险阻不断。

这是我对自己唯一的期许。

愿这个世界没有将就。

不念过去，不畏将来

自幼，我便是个不恋旧物的人，该丢弃就丢弃，是我养成的习惯。

好友对我这种略带无情的习惯颇为不满。在她看来，那些尘封的旧物留有她的过往，那些沾上了尘埃的记忆是弥足珍贵的，是不能舍弃的。她不管搬多少次家，总要把那些旧物连同着回忆一起通通打包带走。

好友同我说，即使真的有她老到一无所有的那天，她还有这些回忆，谁也夺不走。

我不置可否，回忆对有些人来说也许真的是赖以生活的必需品。

回到家中，我也曾经试图翻找那些旧物。可是家中哪有什么旧物，那些旧物早在一次一次的大扫除或者搬家中就被丢弃，随之消失的还有那些过往的记忆，它们早就在我的脑海里变得面目全非。

总会有些可惜，也偶尔会在手舞足蹈聊起过去的事情时遗憾没有留下些什么可靠的证据。可是我总是能很快释怀。

回忆对我来说，会变成太沉重的包袱，我总是无法克制自

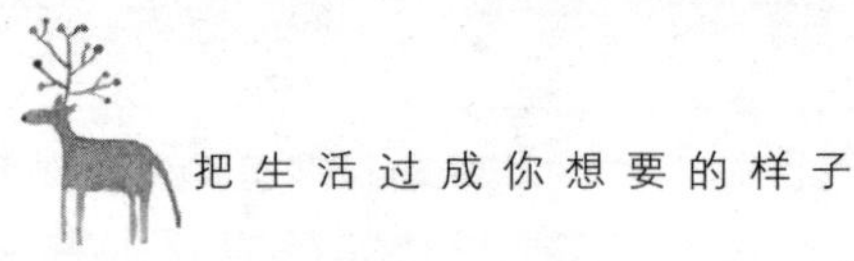

己回头看的冲动，当身边的每一寸每一分都让我想起过去的自己时，那些笑容泪水和眷恋终究会拖住我，让我再也没有气力向前走去。

在我看来，当你的记忆点下保存按钮的时候，就意味着未来伤你的东西会增多，你保留的记忆越详细，越容易给自己编织一个思维的牢笼，让自己深陷其中，无法自拔。

我的大脑内存太小，里面太过拥挤，所以不知不觉有一天就会被塞满，于是我不得不按时清理内存。

好友却在前些时间突然改变，她打电话把我叫到家中，大刀阔斧地把墙上挂的、柜子里放的，甚至是一些旧照片旧书信，该烧的烧，该扔的毫不留情地一股脑全部扔进了垃圾处理站。我惊讶于她的突然转变。

后来才知道其中缘由，改变好友的是她的现男友和前男友。

现男友发现她始终戴着前男友买的项链，甚至还把前男友做过笔记的书直接摆在床头柜上，于是大吵一通，现男友哪里听得进去好友的解释，念旧不就是余情未了吗？一怒之下，现男友留下一句，不清干净过去，干脆分手。

这边刚吵过架，那头却在路边发现前男友和情人在路边卿卿我我，手里牵着一条大金毛，好友一问才知道，一分手前男友就把两个人一起养的小博美直接送了人。好友这才惊觉自己可笑，别人早把她忘得一干二净，而她却和傻瓜一样，连写过的小纸条都舍不得扔。

于是才有了这一幕，一向爱惜旧物的好友，亲手将那些沾满灰尘的纸盒通通清除，说是要把房间整理得窗明几净等男友回来。

回忆有时候就像一枚枚勋章，祭奠着曾经疯狂大笑或是放声痛哭的我们。因为不再回来，所以才想要尽可能地将它们留住。

但是回忆是包袱，背得太重，以后的路就不好走。

世人都羡慕那些获得通透的人。可是在我看来，这些通透分明是自己将心砍下一刀，留下一个缺口，如此一来，即便有再多的流言蜚语，都进不到自己的耳朵里，更进不了自己的心。因此要成为通透的人，就必须能够狠下心，咬着牙，对自己动刀。砍下那些没有必要的念想，催促一直在过去驻足的自己，大步向前。

在对自己动刀的时候，你可能会落泪，会比以前任何时候都哭得更加厉害。不过，哭过之后，眼泪掉落的那一瞬间，阳光洒下通过泪珠会变成彩虹。

疲惫时光里的芳香

最好的人生，或许不是所有的梦想都变成真，而是能有那么一两件未完成的夙愿。

在《玛丽莎的心愿清单》中，30多岁的茱恩也有过一些梦

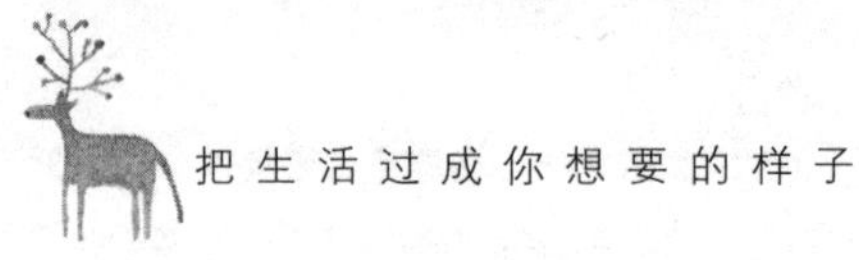

想和计划。

比如，她曾经计划去旅行，然而庸碌的生活又让她的这个愿望搁浅，甚至让岁月磨掉自己的进取心，把这件事忘得一干二净。

再如，她曾打算报考市场营销学的硕士，以求对自己的事业有所帮助，但像其他的大多数梦想一样，这件事最终也是不了了之。

又如，她曾打算利用闲暇时间，为自己织一条披巾，但在拖延了多少时日之后，最终还是放弃了。

茱恩长相普通，枯燥乏味的工作也没有多大起色，再加上她长期的孤身一人的生活，她的生活几乎都在保持一成不变的状态，没有什么改变自己命运的宏大梦想。

或许，只有让她有机会减掉腰部的一些赘肉，可以改变她的状态了。

看样子，她就要这样庸庸碌碌地过下去了，根本没有真正的“生活”可言。

说和做从来都不是能同步的生理反应。

然而，再根深蒂固的习惯，也可能因为突然发生的事情而改变。

茱恩的生活，就是这样，当她还在沿着一成不变的生活轨迹，继续做惯性运动的时候，却因为一个初次相识的人而改变了。

她是在参加一个体重关注者的聚会上，与玛丽莎认识的。

在与玛丽莎一同回来的路上，她们遭遇了车祸，玛丽莎因为要为茱恩取放在后座上的一份减肥计划，而解开了自己的安全带，却让自己在车祸中身亡了。

茱恩为此感觉到了极大的愧疚。在整理玛丽莎的遗物的时候，茱恩在玛丽莎的钱包里，发现了一张心愿清单——“25岁生日前要完成的20件事”。因为对玛丽莎的死感到愧疚，茱恩觉得，自己应该替玛丽莎完成这些心愿，尽管她们只是一对刚刚建立起友谊的朋友。

于是，玛丽莎未实现的心愿单，此刻变成了茱恩的心愿单。

这是一个疯狂而浪漫的计划。虽然是因为出于对玛丽莎的愧疚，茱恩执行了这份心愿单上的计划，但随着愿望的一个个实现，她终于发现：玛丽莎简直就是个天才。

慢慢地，茱恩的生活发生了神奇的变化。更让她惊奇的是，在帮玛丽莎实现心愿的过程中，她发现自己的内心深处，原来也曾有过美好的愿望，只是随着青春的逝去以及时间的磨砺，让她一点点地将这些愿望埋藏，甚至连自己都浑然不知这些变化。

于是，茱恩逐渐爱上了这种状态——为了某个目标，不管它是简单的、疯狂的，或者根本就是无法实现的，实现这份心愿单的心理，也从“我要替玛丽莎实现这些心愿”变成了“我要实现这些心愿”。

小时候的某一阶段，集齐一张张糖纸就是我的一个心愿。

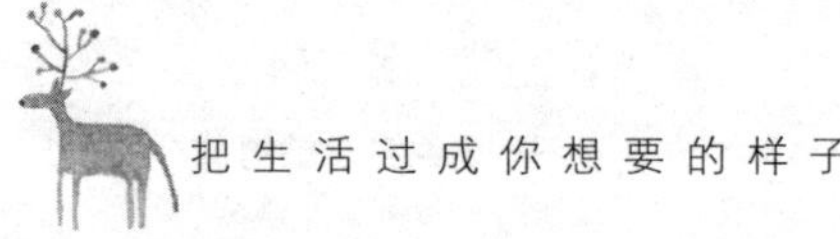

那个时候的我，可以拿着一张糖纸端详上半天，小心地抚平一个个褶皱，让糖纸看起来非常平整，然后才郑重地把它夹在哥哥用过的书里、本子里，时时翻看，久久流连。

那个时候，五彩斑斓的糖纸，就是我们的梦想，寄托着我们的情思，也寄托着一个小小心灵，对于眼前这个世界的些许幻想，也仿佛一方方小小的糖纸，就是我们的世界。

及至后来，当认识了文字的奇妙之后，一个小小的残破的纸片，都可能让我们流连半天，翻看纸片上的一个个小字符，猜想它曾经丰富的内容和情感。有的时候，也曾艳羡旁人手中的一本本“小人书”，虽然识字不多，却希望把每一个字、每一个线条都记进自己的脑子里。

甚至，我们还会成为别人家的“常客”，一番嗫嚅之后，却始终不敢提“小人书”的事儿，直到对方家长把“小人书”拿出来，才小心翼翼地捧过来，随便坐在什么地方，或者就把小人书平摊在床上，几个小脑袋挤在一起，贪婪地看那一篇篇图画、文字，总是在还没看完整的时候，就被哪个看得快的伙伴翻过，嘴里嘟囔着、埋怨着，却依然津津有味地看下去，看下去……

再往后，我们不再满足于“小人书”的世界，而开始品读一本本杂志、一册册图书、曾经看过的或者正在收看的一部部电视剧、一部部动画片，仿佛这些就是我们曾经赖以品读的经典，是我们开阔眼界的“精神食粮”。

无论是小小的一方方糖纸，还是一本本文学杂志，无论是一册册让我们流连忘返的“小人书”，还是一部部让我们打发时间的动画片或剧集，有些可能满足了我们的心愿，但也有些只是让我们失望而归。

似乎那个时代的美好，就是要供我们回忆的，在我们失意的时刻，在我们疲惫的时光。尽管那个时代也曾有过得意，也曾有过迷惘。

贪心不是坏事情。

因为有欲望，所以才有动力。

最好的人生，或许不是所有的梦想都变成真，不是所有的目标都得以实现，而是当你慢慢老去，回首旧时光，能有那么一两件未完成的夙愿，在你最困顿、最潦倒的时光里，支撑着你走过风霜，不断前行。

童话中，王子和公主幸福地生活在一起了。

童话中这么说着，我们也就这么信了。其实，我更想看看王子和公主之后的生活，我想看王子的大肚腩，想看公主老去的容颜，想看他们被生活折腾得难受的日子，想看他们因为孩子的出生而变得更有趣的生活。但是，这样的话，就不能称之为童话了。

童话是什么？它就是被拦腰斩断的生活。它总会在最高潮的地方停了下来，留下无限的遐想和美妙，似乎这种状态能够一直持续下去似的。

可笑，又可爱！

然而，我们的生活，会一直走下去，走到我们认为最好或

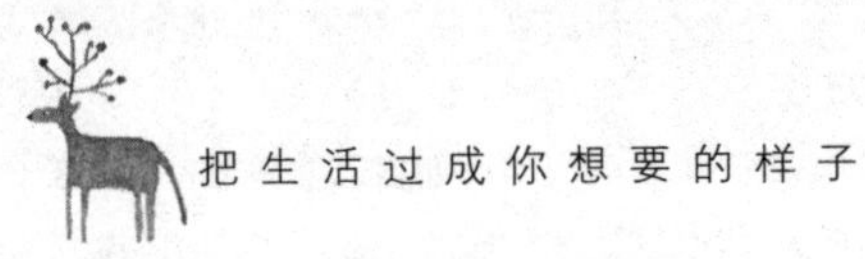

者最不好或者最平庸的结局，然而，这才是一个人真正要去经历的东西。

人生由你自己来消化

有家我很爱去的24小时书店，除了有免费阅读区，还有一大特色是墙上贴着的各种各样的“故事贴”。跟大多数奶茶店墙上贴的告白帖不一样，这里每一张纸上都是一个故事。大多是跟无法排解的烦恼有关。

比如——

“三四年前，在一家小公司上班，工资低又总挨老板训，辞了职出来开了家精品店，生意一直平平淡淡，日子也索然无味，逮着个人就开始大吐苦水，特别是男朋友，做了我很久的垃圾桶，现在想起来还觉得有点对不起他。后来他受不了跑掉了，我心情更郁结了，随后我的身体也出现问题，切掉一个卵巢后，母亲的白内障也犯了，我强撑着身体的不适照顾母亲，人生好像到了谷底，我似乎得了忧郁症。”

还有这样的——

“还没拿到毕业证，工作也只能拿实习工资，一天40块，还不如我下班以后在餐馆收拾碗筷赚的钱多。那家餐馆盘子都大，一不小心砸碎了一两个，那天就算白干了。我不想待在这里了，过年回老家可能就不打算过来了。以前计划是四五十岁再回老家，开个小诊所，我爸是市中医院出来的老医生，最近去世了，我也是学医的，我想把他的诊所开下去。”

我有个朋友，在二线城市一个人们艳羡的“油水衙门”当公务员，月工资据她透露，比我们这些挣扎在一线城市平均线上的，多了不止一倍。

这样的单位，当然不是喝喝茶看看报就能下班的地方，她也累，好几次晚上快12点才离开单位，她曾笑言，她是他们单位的“灯塔”，她办公室熄了灯，单位的灯才算全灭了。

她的年假很少，但是都攒着去旅行。有时候跟最好的闺密去，更多的时候是自己一个人踏上行程，没有一次是和男朋友一起。

我问过她为什么，她说，别人的时间总是很难对得上，有时候很累很压抑，就特别想马上找个别的地方放松一下，不用照顾熟悉的人的情绪，或许还能在旅途中交上一两个合拍的朋友。

“你知道，能够一起旅行的，要多默契才能不‘友尽’。”她摊手说道。

据说日语里有个词叫“成田分手”，就是因为在旅行这种频出状况的高压环境下，不少新婚夫妇蜜月旅行回来，就在成田机场直接分手了。

不管对于情侣还是对于关系比较好的朋友而言，因为存在情感因素，不能强硬地运用办公室里训练的Teamwork技巧，更容易“火星四溅”。

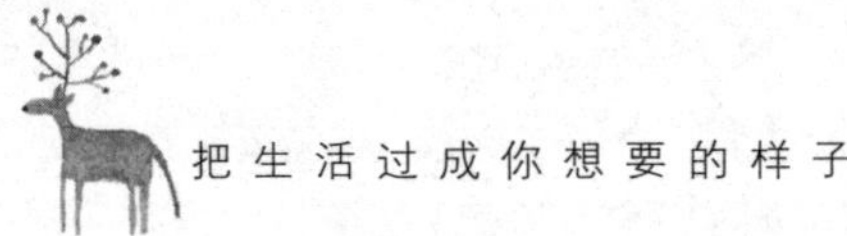

刚开始，她去一些比较悠闲舒适的地方，比如厦门，在海边踩细沙，听海浪声，到鼓浪屿喂猫，去那些文艺的店铺挑明信片、喝下午茶；或者在丽江，晚上去不同的酒吧喝到不醉不归，白天睡到中午起床，小街小巷都还没什么人，下午坐在小院晒太阳，过一段不紧不慢的时光；春风拂面的时候到江南走走，听琶音，喝龙井。

如果旅行只是放松，那么就失去了大部分的意义。有一天，我拍了张印有“上班不如种田”字样的搪瓷杯子上传到微博，配文是：下班前一个小时的心情如下。她给我留言：早就是这样了。

“从前以为，旅行的意义就在于给工作减压，回来以后才能有勇气继续为柴米油盐奋斗，后来，每次回来没多久又开始厌倦工作和生活，而且，那种旨在放松的旅行能够治愈的时间越来越短，反而让人产生许多不切实际的幻觉。”她告诉我。

后来，她去了西藏。在出发前，她就想好，不是为了“洗涤灵魂沐浴身心”这种假文艺借口，也不再只是抱着“休息一段时间”的目的。她想走更远的地方，想看清楚除了美景，旅行还能带给她什么。

在那根拉山口海拔5190米的地方，她喘气已经非常困难。她张开大口吸气，鼻腔尽量缓慢地呼气。

从来没有一次旅行这么费力过，当她终于到达俯瞰纳木错的制高点，看到碧蓝得仿佛调到了最高饱和度的湖水，在洁白得一尘不染的雪山下静静躺着的时候，她说，突然明白了康德所说的，人的意识和整个外部世界，以及它们所构成的一切经验与一切事实，都完全从脚下扫除干净了。

我们有什么可依附或坚持的东西？工作？薪水？不得不拿出时间和精力维持的社交？不，这些都不是我们精神的支柱，而恰恰是这些东西，让我们的无处安放的灵魂和梦想日日在空中游荡。

为外部活得久了，容忍曲线就容易走低，领导满意你的工作，同事们都还挺喜欢你，薪水加得频繁，生活到这里，肯定还不错，根本无法解释内心充满厌倦的原因所在。

人可以凭借自己的努力和毅力去达到某个高度，但是有些东西，是无法靠自己去完成自我掌控的，比如性格。

性格之于每个人，不是依附着随心所欲形成的东西，而是有另外一套意志力支撑的小铁人，在我们不断地塑造“它”的时候，也是在用个人意志、理性和同情心去和我们的自私、懦弱、傲慢做斗争，这一过程，我们没法自己完成，必须要通过外部援助。

有一天她告诉我，她也去过那家24小时书店，也喜欢那些墙上的故事贴，但她更喜欢去翻看那些关于个人旅行的足迹故事——

1

“我去过最远的地方是非洲，正如我们普通人的印象中西藏是强光、干燥和飞沙走石，非洲之前在我的印象里是沙漠、骆驼、烈日和黑人。当然，网上也有许多揭露在非洲工作是多么‘非人’的生活，我没有亲身经历，只是作为一个游客，我感觉还不错。遇到过一个当地司机，50多岁的样子，他载我们去了很多地方，每到一地都兴致昂扬地介绍当地的风光，我们问他，总是重复这样的路线不会厌烦吗？他说，你们不知道我做这份工作有多开心，天天都和大自然打交道，每一次再到之前去过的地方，总能发现一些不同的景致。‘人生处处都是惊喜，还有更好的生活吗？’他这样说。”

2

“去年年底，我结束了研究生考试，为这次考试，我耗尽了所有的精力和期望去复习，不敢想象如果落榜了会怎样，或许会直接去找工作吧。在那之前，我想计划一次旅行，就当作奖励自己那场旷日持久的战斗。

“订了去香港的机票，但是临时航空公司给我打电话，说系统出错，那趟航班其实早就满员，我只好飞去了大理。古城、桃溪谷、沙溪、双廊、诺邓，我从来没有见过这么美的地方。

“我住的小旅馆，有点破，有点挤，但住的都是天南地北的年轻人，我还做了一小段时间的义工，为的是遇见更多不一样的朋友，听更多在家听不到的故事。那段时光，无论天地山川，还是相关的无关的人，都在回应给我正能量。我打定主意，回去以后，如果没考上，我就再考一年，绝不为失败而仓促地去选择一份不喜欢的工作，学术才是我最想走的道路。”

3

“自从打定主意要离职，就没等到年末，反正我们公司也没年终奖。大年三十，我在越南河内的火车上度过，车厢里哐当哐当响着的，都是破落的孤寂。下了车，路上的摩托车流汹涌如蝗虫，两旁是五光十色的店铺，女孩子最喜欢了，但是又怕被宰被骗，在火车站口东瞄西望，瞅见俩差不多年龄的姑娘，上前一问，嘿，果然是中国人，于是决定结伴同行。

“我们在热火朝天食肆里，和那些裸露着膀子的男人们一样，随便坐在路边，吃烧烤、喝冰饮料、吃粉。有种叫‘蘸酱鱼露’的调味料，闻起来又腥又臭，我们捏着鼻子蘸了送入口中，舌尖却萦绕着一股说不出的鲜美。因为那碗鱼露，我们每个人都吃了好几碗海鲜。因为计划的旅程不同，我和那俩女孩第二天就分道扬镳了，她俩走时还给我打车的11万越南盾，说真的我都差点忘了。”

4

“我和老婆打算国庆节骑行去山东烟台玩，从北京出发，沿着国道省道，全程750公里，计划四天完成。当时想的是，吹着海风，奔跑在宽敞平坦的马路上，身边还有最爱的人，实在是件很享受的事。

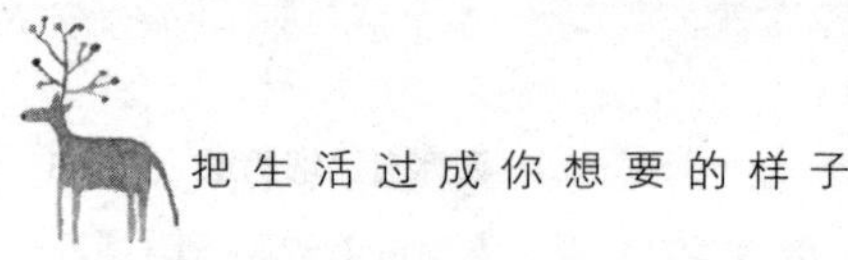

“第一天确实很兴奋，看到了天津漂亮的白塔，圆锥体造型的旗杆，不过体力消耗太大，晚上睡觉的时候疼得不敢翻身。第二天早上顶着三四级风骑了大半天，两旁都是海，感觉在海中间骑行，一路有海鸥相伴，下午骑进了一条笔直的路，原先设想的那种公路上骑行的自由畅快感觉只有一小会儿，很快会感觉到意志受到严峻考验，因为骑了很久，你眼前始终还是这条直直的公路，甚至路边的树都长得一模一样，很让人崩溃。

“最令人感慨的是在东营看到的黄河入海口，以前在兰州见到的黄河，因为是源头，水量很少，这里就不一样，入海口处黄河骤然变宽，真有种语文课本中说的‘奔流到海不复回’的气势。最后快要到达的时候，屁股磨出了硬结，用如坐针毡来形容一点都不过分，但是不敢停下来，怕再次骑上去会更痛苦。

“这是以前我想都不敢想的事情，现在我做到了，而且此行让我们夫妻的感情更好了，半路上我右腿肌肉其实已经拉伤，钻心的疼，那段夜路是老婆在前面打了很长一段路程的前阵，我盯着她的小小红色青蛙灯，知道必须坚持下去，那就是我的动力。”

旅行的真正意义是什么呢？

你不断地遇见未知的事物、未知的困难、未知的人，这些都将不断地观照你的内心，你的缺陷会在不断被冲击中放至最大，你无法再像平静生活里那样自欺欺人。那些事，那些人，或许会给你片刻欢愉，给你自由的感觉，但最重要的是丰富你的个性，回来的时候，不会依然故我。

时间不能治愈的，让旅行去解决。

与其因为孤单吃很多饭，因为厌倦睡很多觉，因为悲伤哭得很多，不如出去走走，看看有没有更好的解决办法，反正人生都是要由你自己来消化的。

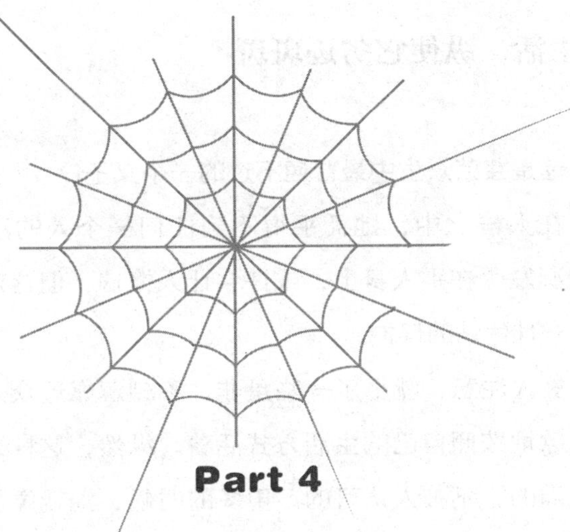

Part 4

所有的遗憾都是成全

你闯过、勇敢过、叛逆过，生活的起伏和折磨逼你付出代价，却也给你收获，它早早催你蜕变、强大，所以你会重新勇敢起来，继续走你想走的路。

热爱生活，纵使它劣迹斑斑

岑远是芸芸众生中最普通不过的一个女子。

走在人群之中，她几乎得不到任何一个人的注意。如若这种情况发生在别人身上，或许会让人懊恼，但这对于岑远而言，是一种体贴的保护。

不被人注意，就少了一些是非。不刻意靠近众人，就可以随心所欲地按照自己的生活方式活着。纵然，这种方式是消极的、沉闷的，不被人认可的。更多的时候，她就像长期见不到阳光的潮湿角落，生满了苔藓。

岑远觉得生活并无好坏之分，她也很少羡慕那些衣着光鲜亮丽、出手阔绰的人。每个人都有自己的宿命和使命，幸福与悲伤都不能拿来比较。

她的宿命是，爱上了一个有家室的男人，暂且就把这个男人叫作K吧。岑远和K已经纠缠、束缚、捆绑、折磨长达4年之久。开始时，尚且有爱情存在，相见与相守的尘世欲望，像是心中即刻就要爆发的火山。渐渐地，彼此之间的缺点与残缺难堪地被对方看见，他们都想改变彼此，用尽浑身解数尝试各种方法，却从未见一丁点成效。他们都是固执的，这仅有的相似之处，或许就是当初坠入错爱的缘由。

她的使命是，从这段难以解脱的爱情中获得解脱。但是，有过多少次逃离，就有过多少次回头。她的心看似坚硬，却极度想要片刻温存。尽管温存过后，是如同漫漫长夜般的无尽的折磨。

把4年的记忆好好地检点一番，岑远发现其中并不是只有无路可走的尴尬。有的时候，他也会在某个时刻忽然来到她的公寓，带来她心仪已久的布娃娃，或者只是为了给她做一顿刚从食谱上学来的菜。虽然，这种时刻少之又少，但有过总比没有过强。

更令人难以忍受的是，这一段时间以来，他们已经很少见面。即便是见面，要么是声嘶力竭的争吵，要么是令人窒息的沉默。在这一条道路上，他们已经退无可退，也已经进无可进，就如同被堵在了死胡同里，被硬生生按在原地，难以动弹。

在无数次失眠的夜晚，她绞尽脑汁想着从困境中逃脱出来的办法。可是，天亮之后，她又会重蹈覆辙。

唯一知情的闺密劝她出去散散心，总是憋在这样的生活中，迟早会闷出心理疾病来。

闺密替她挑选了很多适合散心的地方，去日本大阪看樱花，去美国加州一号公路自驾，去柬埔寨看看神秘微笑的吴哥窟，或者去马尔代夫体验建立在水上的屋子。但是，这些地方都没有打动岑远。岑远告诉闺密，她要去威尼斯玻璃岛。

闺密一时无言，那个地方，是岑远和纠缠了4年的K在相识第一年去的地方，也是他们唯一的一次旅行。

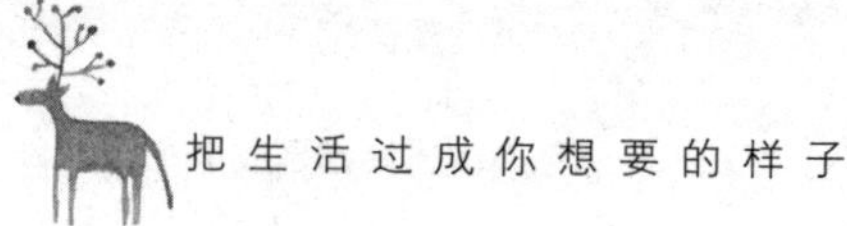

这样也好，故地重游。或许，熟悉的远方，会告诉岑远未知的答案。

岑远独自拖着行李，办理登机手续与托运行李。在候机的时候，她看到一位金色头发的女子一手牵着一个孩子，一个男孩一个女孩，两个孩子都有着洋娃娃一样的深蓝色瞳孔。大概一刻钟之后，一个皮肤白皙的男人朝她们快步走来。他先是抱起小女孩儿，在她左右脸颊上印上出声的吻，小女孩儿嬉笑着躲避，嫌他的络腮胡子扎疼了自己。而后，他又抱起小男孩儿，问他有没有让妈妈生气。最后，他深情地看着妻子，两人当着孩子们的面紧紧拥抱在一起。在这期间，岑远注意到那两个小孩子都捂着嘴看着对方偷笑。

忽然之间，岑远泪如泉涌。她已经很久没有哭过，今日再流泪，她恍惚意识到了自己想要的是什么。正在这时，广播响起，登机时间已到。岑远擦干眼泪，提着包便随着人群准备登机。

在机舱里等候多时，飞机仍不起飞。有人开始窃窃私语，也有人已经昏昏入睡。回忆起刚才在候机室里看到的那一幕，岑远联想到了她与K第一次旅行时的场景。

那一次，他们在候机时，K的手机忽然响起来。K犹豫了一下，便起身到离岑远较远的地方接电话。岑远知道是他妻子打来的，却没有拆穿。她只是不动声色地看着他，他的神情是那样毕恭毕敬，他的口气是那么温和殷勤。那个电话持续了半个小时，等他回来，正好赶上登机。他随口解释，客户总是不让人省心。她没有接他的话茬，但她知道自己的脸上没有任何表情。

不知不觉中，飞机轰鸣着起飞。岑远堵住耳朵，眼睛却看着窗外混沌的天空。

在密闭的空间里，岑远总想用抽烟的方式缓解内心的恐惧和压力。现在处在密闭的机舱里，岑远也有同样的想法。但是，此刻她只能选择克制，就像克制她对K的占有欲。

不能抽烟，她就频频向空姐要来冷饮，一趟一趟上厕所，并在期间翻看日记。那些日记都是写于失眠的夜晚，有的纸上有烟留下的烫痕，碎屑一般的小洞。透过纸上的字句，她忽然感到那个爱着K又恨着K，想要离开K却又离不开K的岑远，心中满是怨恨的蠹虫，这些蠹虫正一点点挖空她对生活的信心与美好想象。

没有信仰的人，总是空洞的。在遇到K之前，岑远将温暖的爱情和美丽的生活当作信仰，如今她觉得这些都是天真的异想天开和针针见血的讽刺。

纸页一张张被翻过，岑远从往事中抽离出来，却在字里行间真正看清楚了那个卑微颓废的自己。

改变很难，但此刻也只有改变这一条道路。

几个小时过去，阵阵睡意袭来，岑远迷迷糊糊地睡了过去。然而，还未睡实，她便听到周遭的骚动声。蒙眬中睁开眼，却看到邻座的人纷纷拿出救生衣。紧接着，广播响起，告

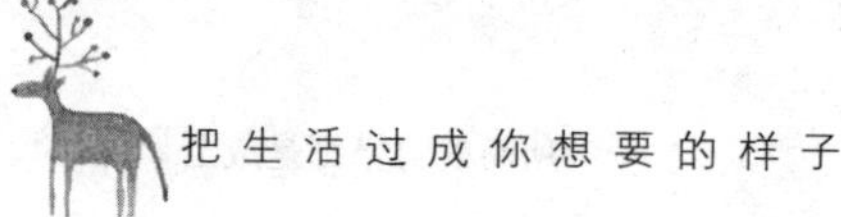

诉乘客飞机遭遇气流，机长正在紧急处理，请乘客不要惊慌。

岑远感到机身先是轻微地震动了几下，然后震动加剧。在那一刻，岑远竟然异常镇定。她的心像是忽然被某种东西撬开一样，那些沉重得难以承受的乖戾之气缓缓流出，而童年时那种明亮得耀眼的希望轻轻涌进。她感到前所未有的轻松。

在飞机晃动的过程中，她对自己承诺，如果就此结束生命，那也算是一种解脱；如果得以生还，那就以新的姿态面对这个世界。

这次晃动，持续了十几秒的时间。对于其他乘客而言，这是一场未遂的灾难；但对于岑远来说，这是一场得到验证的福报与馈赠。

飞机又沿着既定航线顺利飞行时，岑远感到脸上一片冰凉。她知道，今天的两次流泪，是对新生命的一种呼唤。

抵达意大利时已是深夜。来到事先预定好的旅馆，岑远和衣睡去。那一夜，她既没有中途醒来，也没有做任何梦，睁开眼，天已经大亮。

她走进浴室，将衣衫全部褪去，然后将自己泡进浴缸里，热气蒸腾，镜面早已氤氲不清。她湿漉漉的头发顺水贴在胸前的肌肤上，柔滑至极。她觉得一切都回归了，她的灵魂，她的身体，都重新归属于她。

吹干头发，吃过简单的餐点，已近中午时分。阳光明亮却不暴烈，威尼斯这座水城里到处闪烁着光斑。无论哪个季节，这里都有成群的游人。在以往，岑远定要避开这些喧嚣的场景。但如今，她穿着干脆利落的服饰，主动挤进人群中，感受这些人身上散发出来的生活热潮。

有一对情侣客气且热情地请岑远为他们拍照，她高兴地为他们拍了很多张。不远处有一个孩子的气球炸裂，他“哇”的一声哭了起来，片刻之后，他又被另一个玩具逗乐。是的，他们的快乐和悲伤，总是来得急去得也急，他们身上似乎永远都具备强大的伤口愈合能力。

在威尼斯游荡的这一天，岑远感到真切的安稳与充实。不再顾虑别人的喜好，自己只是随心所欲地做自己喜欢的事情。

她想重新做回从前那个认真生活的人。

1个星期之后，岑远按原计划返程。

行李箱里有她带来的各种物品，除却那一本记着痛苦与挣扎的日记。

坐在飞机上，她看到天空蓝得纯粹透亮，就像自己那颗已经洗净的心。向下望，她看到万米之下不过是如蚁一般的微小生命。不必太过讨好别人，自己的悲喜别人不能感同身受。爱情的意义在于相互支撑着走向更远的远方，而不在于相互牵绊，相互磨损。

看清楚一些事情之后，改变并没有想象中那么困难。

岑远将行李箱中的衣服一件件拿出来，并将落了灰尘的寓所打扫干净。

午睡起来后，她拿出手机拨通了K的电话。

岑远的话简单干脆，第二天下午2点在常去的那家西餐厅见面。K听到她这种近乎命令般的冷漠口吻，自然惊诧至极，但他还是没有拒绝她的要求，只是将见面的时间改为了下午4点。

到了第二天下午，岑远像往常那样按照约定的时间早到了10分钟，而K则像往常那样迟到了10分钟。在等待的20分钟里，岑远异常平静。看到K走进餐厅时，岑远忽然觉得他只是普普通通的一个人，与其他餐桌上的男人并没有什么分别。原来，放下一个人，是这样心如止水的感觉。

在用餐时，他依旧抱怨这道菜味淡，那道菜醋放多了一点儿。而她听完他的抱怨，不动声色地说起他们4年的相处，然后水到渠成地对他说出永远的再见。

他在沉默3秒钟后开始语无伦次地挽留、道歉，可是已经无用。女人一旦决定离开，就真的不会回头。

那一次见面之后，她彻底放下了他，删掉了和他的一切联系方式，扔掉了一切与他有关的物件。

她投入到日常的生活中，用童真般的意念重新热爱这锈迹斑斑的生活。

做自己的“螺丝小姐”

朋友来北京考注册会计师，我们约了时间去繁星戏剧村看了场话剧《螺丝小姐》，那是一部关于职场的浪漫音乐剧。

到戏剧村时，还在纠结到底看什么的我俩不约而同地被这部《螺丝小姐》海报上的那段话所吸引，半分钟都没犹豫就直接先睹为快了。

海报上写：献给栖息在北京城，奋斗在职场里，同时又迷失在爱情中的都市白领，不是白富美，拒绝公主病。

戏剧结束，走在回家的路上，皓月当空，星星点点，朋友忽然说，你觉不觉得青青就是这样的“螺丝小姐”？

我想起了宣传单上的那段话，现代都市生活中有种女人，她不是白富美，也没有公主病。她是拥有正能量的“螺丝小姐”。工作上，她乐观坚毅，是办公室不可缺的“螺丝钉”；感情上，她脆弱敏感，经常把自己死锁在爱情里。

每个人身边都一个“螺丝小姐”。

也许，你自己就是“螺丝小姐”。

我们的朋友青青，她何尝又不是自己的“螺丝小姐”？

青青两年前去了德国，是公司总部从北京分公司选拔提升过去的翻译，常驻海德堡。

前两天和她视频通话，有个男人在她旁边，温柔而安静地看着她。我们笑说，什么时候交了男朋友都还不告诉我们。

“不是男朋友，是老公，上周我们已经领证了。”青青一语惊人。

两年前，青青感觉自己被世界抛弃了。

两年后，青青感觉自己被世界拥入怀中。

若你被世界抛弃了，该怎么办？

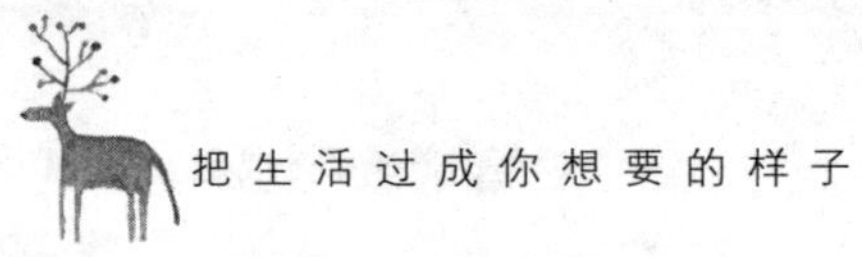

不去想怎么办，坦然接受，接受被抛弃这个事实，接受痛苦，接受绝望，接受一切，然后忘记被抛弃这回事，当作一切没有发生过，不怨不悔照常继续走下去。

你会发现，终有一天，世界在温柔待你。

这是青青的答案。

青青在8岁的时候，爸妈就离婚了，原因是爸爸喜欢上了一个比他小10岁的年轻女人，青青妈妈一哭二闹三上吊都无法阻止她爸那颗执意离婚的心。

男人一旦绝情起来，便刻薄寡思到了极致，海枯石烂也回不来的。

就像亦舒所说，当一个男人不再爱你了，你哭闹是错，静默也是错，活着呼吸是错，哪怕死了都是错。

青青被法院判给了妈妈，她弟弟的抚养权则给了爸爸。

离婚不到两个月，青青爸爸又举办了豪华婚礼，迎娶了那个年轻的女人。

爸爸再婚那天，她妈加班到11点，回家的路上不幸出了车祸，出租车司机受了重伤，她妈抢救无效，留下她一个人就走了。

据说，青青妈妈临走的那个夜晚，从来不喝酒的她却接受了同事去酒吧喝酒的邀请，两杯酒浸入心中，苦涩难当，只是不知到底是酒苦还是她心苦。

当时，青青妈妈还醉意朦胧地骂道，男人没有一个好东西。

酒不醉人人自醉，情不伤人人自伤。

多少红颜悴，多少相思碎，唯留血染墨香哭乱冢。尘缘从来都如水，罕须泪，何尽一生情？

妈妈去世后，青青被爸爸接过去和他们一起生活。

那个他们，那个新家，却无法温暖青青一点点。

那个年轻的女人又生了一个弟弟，那个家，以前是4个人，餐桌的椅子配套是4把。如今青青一来，已变成了5个人，椅子要再添加一把，碗筷也要再添加1双，吃饭时，拥拥挤挤，好不别扭。

青青觉得自己是多余的一个暂住别家的客人，找不到属于自己的一点位置。

后妈每天都给她脸色看，爸爸对她漠不关心，弟弟年纪小什么都不懂。这个世界上，青青也只有她自己与自己相依为命。

18岁，青青考入了全国最有名的外国语大学。她从那个家里搬出来了，开始自己兼职打工挣学费和生活费的生活，彻彻底底地离开了那个所谓的家，没再找家里要一分钱。

在某个艺术画廊兼职时，青青认识了另外一位志愿者。

后来，那个志愿者成了青青的男朋友。

男生是隔壁学校的学生会主席，能力强，学习棒，指点江山，激扬文字，是众所周知的才子，一大批女生心中的梦中情人。

青青清秀温婉，每年都拿全额奖学金，和他是大家眼中最令人羡慕的校园情侣，私底下被传为金童玉女。

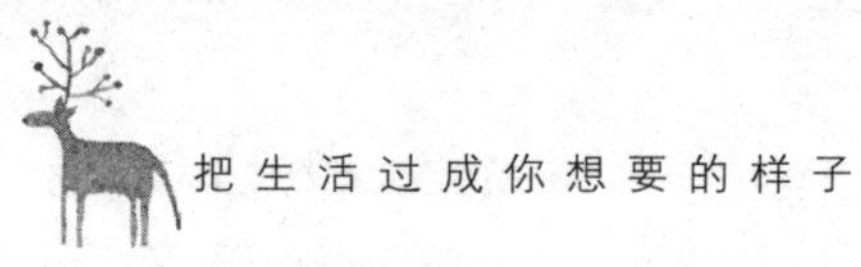

大学毕业后，青青顺利去了一家德国公司。而她男朋友则全力准备公务员考试。男友备考期间，青青像照顾自己儿子般照顾男友的饮食起居。

她重新调整了自己的作息时间，习惯早睡的她每晚都陪着男友到凌晨一两点才睡；早上5点多起床为男友准备早餐后再去上班，从不参加同事聚会、逛街，下班后直接奔家里为他煲汤，变着花样准备饭菜，生怕他的营养跟不上。

后来，男朋友考上了公务员时，青青觉得苦日子终于走到最后一步要走完了。

在她满心欢喜地期待未来新生活时，男友却提出了分手。

男友的高中女同学在老家有权有势，一直对他穷追不舍，即使他已有女友多年。男友在考试时瞒着青青直接报了老家的公务员，因为可以照顾他那个家，他是家里唯一的儿子。

他从始至终都计划着回家乡，而他的未来计划中从未将青青纳入其中。

他愿意倾心的，也许是那个可以帮他大展宏图，早日实现自己抱负的她。

这样的男人，他谁都不爱，他最爱自己。

他们在一起6年。

青青把自己18岁到24岁的时光给了他。

女人拿一辈子都不会再有的鲜活青春做赌注，最后换来的却是人家拍拍手就走的结局。

父母的爱如此短暂，男友的爱如此不堪，这个世界留给青青的除了满目疮痍，还有绝望。

活着的那一点点期盼都被毁灭，青青想到了自杀。

走到河边，滚滚河水奔腾向东，卷起千层浪。青青却丧失了那纵身一跳的决心与勇气。

死是件很容易的事。

但既然死都不怕，那么这个世上还有什么可以让自己害怕的？

青青最终还是走下了河边，走上了远方，她心中的远方——没有停歇站，没有终点的远方。

相不相信爱情是其次了，最重要的是在饱含辛酸后，她仍然不减半分地热爱生活，像刘瑜所说的那样积极乐观地活着，一个人像一支队伍，不气馁，有召唤，爱自由。

即使被世界抛弃，也不放弃做自己的“螺丝小姐”。

做一个树一样的女子

两年前，我去草原旅行。

黄昏时分，走路回民宿，漫天彩霞将草原染成几种不同的颜色，像被打翻的颜料般随意而绚丽。落日的余晖映照在无边原野中仅有的几棵树上，打出长长斜斜的影子。

路的尽头，是牧人牵着一匹马，孤独地走着。

三毛的那首诗《来生做一棵树》自然而然地出现在了脑海中。

如果有来生，
要做一棵树，
站成永恒，
没有悲欢的姿势。
一半在尘土里安详，
一半在风里飞扬，
一半洒落阴凉，
一半沐浴阳光。
非常沉默，
非常骄傲，
从不依靠，
从不寻找。

有时候，成熟是一瞬间的事，不在乎时间长短。

该经历的事总是要经历，既然无法避免，那就勇敢地面对。这不过是最实在的处世哲学。没有什么事能善始善终，也没有什么人会陪我们走很远。

很多事情，并非争取了，努力了，就会有个好的结果，比如爱情。

只不过是不想让你自己后悔。可是，常常却是那些粉饰性的字眼一次次让你心安理得地勇往直前，无所畏惧。

你不知道，在别人眼中，其实，你不过是个小丑，仅此而已。

你的偏执，也许，用在了错的事、错的人上。

我记得那段时间你的痛苦，爱是那么身不由己。如果可以，你说，你也不想爱上一个不爱你的男人。

绝望的时候，我们陪在你身边。

你自嘲地笑笑，我是不是很傻。我不需要他常常对我嘘寒问暖，不需要他为我买东买西，我甚至不需要和他天长地久。我只需要，他有那么一点点是真心爱过我就好。

是，你真傻，傻得自尊都可以抛弃，傻得低到尘埃里，还开出颤抖的花，傻得大家只想给你两巴掌，好让你彻底清醒。

不出意料，那个男人再也没有出现过，在你和他某次冷战后。

你后悔对他发脾气，你后悔冷战，以为不冷战，他就不会离开你。这样也好，早点离开，对你来说，越早解脱。伤痛虽然难以接受，但总好过温水煮青蛙，不知不觉就耗掉半辈子，而无法脱身。

有的时候，你只需要对自己狠一点，狠一点，再狠一点。

这个世界，有些人出现在你的生命中，只是为了告诉你，“你出现过，丢下过我，我才明白遗忘并没有想象的艰难。这或许是你给予我，最后的意义。”

一个人能拥有的并不多。大多数人都只是过客，最终还是要离开的。

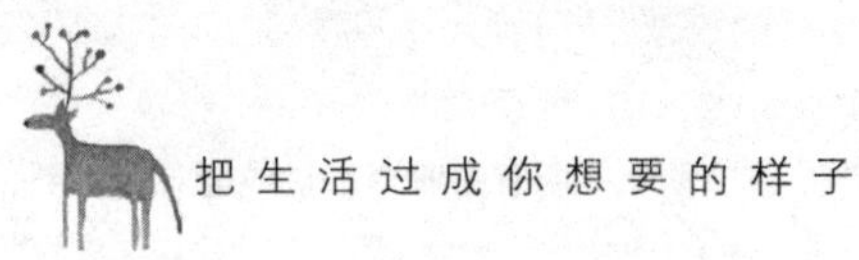

“爱是两个人的事，如果只有你还执着着、纠缠着、原地打滚痛苦地爱着，时过境迁之后，你会发现是自己挖了个坑，下面埋葬的全部都是青春。”你曾经说很喜欢这句话，还念给我们听。现在，你是不是也该说给自己听。

前些日子，好不容易跟姐妹周末聚在一起。

从电影院出来，看到那个他和新女友走过来，你很没骨气地低下头，抓着我们就往旁边走，不想被人发现。那双手，因为紧张而不停地颤抖。

但亲爱的，你根本不需要这样。

狭路相逢勇者胜，你听过没?

越是这样狭路相逢的时刻，你越要昂首挺胸，开开心心地笑对他和新女友。不然，人家以为你还陷在那段恋情里走不出，只会更开心。

因为，确认你还喜欢我就好。这是大多数男人分手后最乐意看到的。

后来，我们边说边笑地经过他俩身边，斜眼都不瞅一下。形势上不比人家强，表面上装还是要装得过去。

这无关虚荣或逞强，是心态。

纠结的，不是别人，正是你自己。

对你自己而言，没有无可奈何，也没有遗憾之说，它只是你漫漫人生路上的一个教训。在年少轻狂的青涩时光，你那段空白而自作多情的记忆，就让它一直保持原样好了，有时候，不完美即意味着完美。

人生有那么多的遗憾、教训、不舍、离别、痛苦，这一点点，不算什么。一定的年龄，能幼稚过、能偏执过或许还是件好事。

那些过去的就让它过去好了，像泡沫般不留任何印记。

期待是一切痛苦的根源。不再有所期待，我想，你大概也不愿痛苦地生活。

每个人都在过着看似平淡却急匆匆走向不同方向的道路。

每个人都在失意的事中或主动或被动地选择了新的开始。

每个人都在时间的推动下，不声不响地开始新生活。

而这，是你可以并且能够选择的方式。

是像一棵树般昂首挺立，还是像地锦，永远依附于他人，缠缠绕绕？

亦舒说，聪明的人从不报复，他们匆匆离去，从头开始。

现在，你终于开始过得那么好了。

每天24小时，花10个小时做你喜欢的事。和那些可爱有趣的同事一起工作吃饭聊天，一起替他们过生日，一起去喝酒，一起去学探戈，一起去打网球，一起去做美甲，一起接受客户的赞美与认同，那都是每一天最最开心的时刻。

你愿意花5个小时，文火慢炖一盅麦冬雪梨椰片汤暖胃。

睡之前，看看喜爱的书，或者电影，任凭思绪胡乱纷飞。

你知道，这是一座山，没有人陪你一起爬，也没有任何可以支撑的东西，唯一能支撑的不过是自己的意志力。

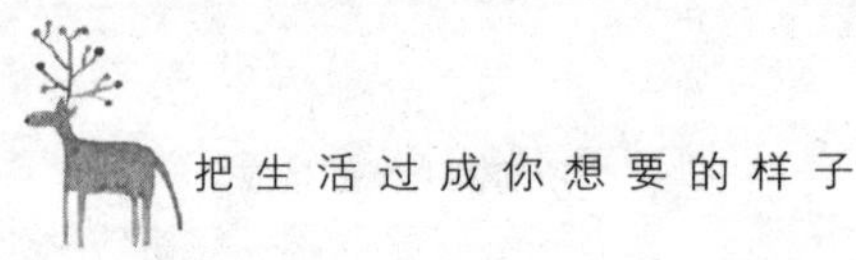

你得慢慢地一步一步走出来，就算是脚踏荆棘，也绝不能有半点退缩。因为，这对你来说，是最佳的选择，也是最好的路。

这样一个人的状态，你已经很习惯，也感到很安心。

不再害怕，也不再焦虑。

晚上抬头望着晴空，为自己默默地点赞。

后来，你身边也出现了那个视你如珍宝的人，千帆过尽，只取一瓢饮，终有一人快马加鞭而来。

那个真正爱你的人，他不忍心让你久等。

你再也不会悲伤，昂扬成了你永恒的姿态。那个重要的人欣赏你，支持你，护你周全。

你坚强自信地挺立，像棵树一样，倔强而亮丽。

跌跌撞撞后，光芒万丈

有人说，每个人一生都会遇见3个人：第一个是爱你的人，第二个是你爱的人，第三个是和你相爱的人。深以为然。

在第一个人那里，你会尝到被爱被呵护的滋味，认识到自己的优点和魅力，却还学不会珍惜，学不会体贴和理解。

在第二个人那里，你学会了珍惜，学会了体贴和理解，却也尝到痛苦的滋味，煎熬的滋味。你第一次知道，爱情原来并不那么美好，它会让你自卑、笨拙、一无是处，会让你食不下咽、夜不能寐，让你因为他而身处地狱，却天真地盼着他化身为天使来拯救你。

在第三个人那里，你会尝到安稳的滋味。你终于不再强求，不再伤害对方也不再伤害自己，你成熟到懂得用最好的方式去爱他，也成熟到能够安然接受他的离去，你不再为了爱要死要活，而是学会了顺应生命的际遇。

最好的爱，当然是第三种。可是，让所有人刻骨铭心、念念不忘的，却总是第二种。

你深爱过的那个人、那段时光，就像一个逃不出去的网，囚禁着你这一生最好的年华，每每想起，总带着切肤疼痛。

你还记得吧？你和他分手的时候有多憔悴，你本来身体就弱，我们都担心你真的会撑不下去。

我们去你家，陪你说话，希望你大哭一场，冲我们发泄，可你只是苍白着一张脸，翻来覆去地说着关于他的事。说着说着，你总是忽然停顿一下，喃喃问："他怎么就舍得和我分手呢？"

他当然舍得啊，就像你当初舍得和爱你的那个人分手一样。可你那时根本听不进去。你执迷不悟，沉浸在自己的悲伤里，眼里容不下任何人。

那时他是大学校足球队的主力，踢球的时候，帅得一塌糊涂。每天都有成群的女生去操场看他练习，你是这群女生中最努力接近他的那一个。你每天买3瓶水、3条毛巾装在包包里，为的是能随时给他递过去；你利用和他同一个系的优势，得知许多关于足球队的最新消息；你主动为他的足球队画宣传海报；他比赛时，你替球队把一切后勤打理得妥妥帖帖。

后来，他习惯了你的存在。你们经常出双入对，周围的人都默认了你们的关系。你没理会那群气炸了的女生，就算她们处处为难你，你也不放在心上。能够走在他身边，哪怕受再多委屈你也是愿意的。

你就像一条离开水的鱼，努力学习如何在陆地上生存。你走在他身边，不求他像你对他一样，倾其所有，只盼着他偶尔施舍给你一滴水，让你活得不那么焦渴。但你是否知道，鱼儿在陆地上生存是什么模样？你那段日子一点也不漂亮，你当然为了他每天都化妆，穿漂亮衣服，但我们都不觉得你漂亮。你整个人都失去了血色，眼底干涸，皮肤粗糙。

这一场爱情并没有滋养你。你每次拿着手机翻来覆去地看，我都问你他又说什么了，你说他什么也没说，只是对你发过去的“晚安”回复了一个“嗯”字，或者一个“哦”字。你高兴地说，他以前都不回我，现在终于开始回复我了，哪怕只是一个“嗯”字或者“哦”字呢，至少他开始回复我了呀。

你的视线没有离开手机，所以你不知道当时我的眼神里全都是对你的心疼。

他常常因为打游戏而忘记和你的约会，也常常为了期末考试而好几天不和你联系，却会在感冒不舒服时理所当然地支使你，在有事情需要帮忙时打电话给你，完全不管你忙不忙，是否有空。

而你，当然是没空也要挤出空来。

这场恋情在你拼死拼活的坚持和努力下，撑到了毕业。他签了一份还不错的工作，在他的家乡。而你签的工作更好，是一家很知名的外企。他回家乡的城市工作，你跟着去了，压根没让他知道关于外企的事。你早已暗地里在他的城市里找了另一份工作。真是用心良苦。

然后，他在职场，遇到了他爱的人。

这回，轮到他患得患失，要死要活，尝试煎熬和痛苦的滋味了。但那与你无关。你只能灰溜溜地离开。

4年的付出，换来这样的结果，你当然会想不通。

但你记不记得？当初爱你的那个人，也是像这样被你随手丢弃，像丢弃一块随手捡来的石子。

这不是报应。而是，我们都需要经历这样两个人，爱你的人，你爱的人，才知道爱是怎么一回事。单方面的祈求，终究是要落空的。

爱是两个人最亲密也最完整的一种互动。

现在的你应该已经明白了，因为你终于遇见了相爱的人。

这并不容易。刚失恋时，你简直不相信这辈子还能再谈一场恋爱。你不相信任何一种诗意的说法，比如，在时间无涯的旷野里，有一个命中注定的人正在向你走来。

你说，怎么可能。

等到你终于不再把自己关在家里，已经是半年之后了。你开始好好吃饭，去健身房跑步。支撑你这么做的理由是，有一天你和他重逢，你绝对不要让他看到你悲惨的样子。你要变成最优秀最美的女人出现在他面前，让他为当初抛弃你而后悔。

然后，你在健身房遇到了那个命中注定的人。

你忽然发现，原来彼此相爱是这么美妙的事。你不需要再去解读他的一举一动，研究他的每一句话、每一个眼神都有什么含义。你不会再因为他偶尔和你说了晚安而惊喜不已，然后立刻又想这是不是只是他的心血来潮，接着你又开始为他不再和你说晚安而沮丧失落。你不再觉得他对你好是一种恩赐，你必须匍匐在他的脚下感激涕零。

你现在明白了，爱情是一件多么自然的事，你只是想要对他好，并不祈求回报，而他也会同等地对你好，同样不求回报。你们很契合，可以聊很多事，也可以一起保持沉默。你们也会有矛盾，有时候心平气和地沟通，有时也你来我往地吵架。但吵完一架，你并不生气，而是感慨，从前你爱他时，有委屈就生生咽下去，连架都不敢跟他吵。

我问你还要不要让他为了抛弃你而后悔。你说，无所谓了，他一定也会在他爱的人那里溃不成军，伤痕累累吧。

如今，你和恋人生活在一起。他有他为之奋斗的事业，你有你为之努力的工作，你们会一起做饭，一起开车数小时去寻觅一处好吃的餐厅，一起旅行，一起尝试很多新鲜的事，一起养一只猫、一条狗，一起勾勒属于彼此的未来。你们的生活里有爱，有诗意，所以你不再在意过去的伤痛，也不再恐惧于很可能再受一次伤的未来。

我告诉你，现在的你真好看。你说，哪有，笑起来时，眼角都开始有细纹了。我说，真的，很好看，整个人都散发着光芒。

那是你跌跌撞撞、磕磕碰碰之后终于找到栖息之地的时候，由内而外散发的安详而又自足的光芒。

纵使一败涂地，至少不留遗憾

工作中认识一个女孩，大学还没毕业，来公司做实习生。这个女孩乖巧又勤快，交代她做的事都做得很好，和同事也相处融洽。连平时十足挑剔的经理都夸她好，说她不像之前的实习生，事做不好，还总闹小孩脾气。

一次聚餐，路上和她聊天，聊到王力宏近期在北京巡演的事，她立刻眼睛放光，说她是王力宏的超级粉丝，演唱会开到哪儿追到哪儿，一场不落。接着，她开始历数王力宏的出道史，掰着指头告诉我哪些歌堪称经典，又说王力宏身上的哪些优点影响了她，他写的哪些歌词给了她正能量，说得手舞足蹈，停不下来。

看着她快要冒出“星星眼”的兴奋表情，我忍不住微笑，这孩子，是真心喜欢王力宏啊。我自己不追星，却理解这种谈论喜欢的人时血流加速、内心激荡、不吐不快的感觉。

到了演唱会那天，她却早早订好了晚饭便当，坐在办公桌前，干劲满满准备加班。

我感到很奇怪，问她怎么不去看演唱会。她一笑，早就不追啦。

我更觉得奇怪了，她明明那么喜欢王力宏！

她说，喜欢也有很多种方式。

后来我才知道，原来她追星最疯狂的时候是中学时期。加入粉丝俱乐部，追王力宏出场的所有电视节目，买登载他访谈和照片的所有杂志、报纸、海报，翘课去他所有大大小小的巡演。她家境尚可，有时撒娇，有时撒泼，父母总能满足她的要求。她的学业当然一塌糊涂，加上经常缺课，出勤率都不够。好不容易混到高中，她终于落到要留级的地步。

父母不准她再追星，她当然不听。不给她钱，她就偷家里的钱，或者四处向朋友借；不让她出门，她也总有办法偷溜出去；打她骂她，她索性离家出走，折腾得天翻地覆。

老师、亲戚、朋友轮番规劝，她谁的话也不听，叛逆得不得了。

后来，她爸爸气得心脏病发作，进了医院，差点救不回来。她跪在病床前痛哭，从此把对王力宏的喜欢收进心底。

没错，喜欢也有很多种方式。疯狂地追逐，一场不落地听演唱会是一种方式，让自己活成喜欢的偶像的样子，是另一种方式，而且是更好的方式。

如今，她考上了不错的大学，成为一个人见人夸的实习生，以后她当然也会成为一个努力工作的社会新人，努力寻找自己该走的路。

青春期的叛逆和疯狂早已不见痕迹。

但她说，青春就是要用力地浪费，然后狠狠后悔。

谁说这不是对待青春最好的方式？

正因为有过那些叛逆和疯狂，她才知道未来该走什么样的路；正因为狠狠后悔过，所以她再也不会做出让自己后悔的事。

后悔，终究好过遗憾。

曾经的室友是个能力不错也很勤奋努力的妹子，大学年年拿奖学金，还是学生会干部，毕业之前去了一家大公司实习，当时的实习生都没有薪水，只有她因为表现优秀，每个月都拿奖金。临近毕业，眼看就要被内定为正式员工，她却选择辞职回家。

我们都感到不解。她说，爸妈担心她一个女孩子独自在陌生城市闯荡不安全，也心疼她吃苦，在老家靠关系为她在事业单位找了个职位，工作清闲，待遇也不错，她自己也觉得陪在爸妈身边，做一份稳定的工作，以后顺顺利利结婚生子，这样比较好，人生也比较有安全感。

对于她的选择，我们都不好说什么，只是隐隐觉得可惜，以她的能力，明明更适合做有挑战性的工作。

3年不到，她辞掉工作，退掉亲事，和父母大吵一架，回到我们身边。

怎么了？你要的安全感呢？我们都问她。

她叹一口气，那样的生活不适合我。

事业单位的工作清闲是清闲，却清闲到无趣的地步，每天按时上班下班，做相同的事，完全没有新鲜感。人际关系更是如蛛网般复杂，人情世故要洞察，溜须拍马要内敛含蓄、不着痕迹，她一个年轻女孩，哪里应付得来？

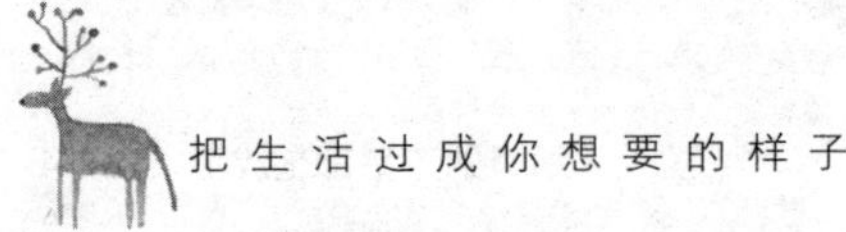

再说相亲，家世、样貌、性格、职业、收入，一样样地比照、计算，爱情变得微不足道，对方是谁，是否独一无二，更是微不足道，简直不知道为了什么要结婚。

再说生活，三线城市，日子过得悠闲，和几个闺密去寻觅美食、喝下午茶、逛街、美容，这些都还好，唯独不能聊天，一聊就是恋爱、结婚、家庭、孩子，要不就是首饰、衣服、男人、家长里短，她连话都插不上。

父母都劝她，何必出去折腾一趟？你是女孩子，再过三年五年，不还是照样得结婚，得过安稳日子？到时你年纪大了，选择少了，肯定后悔白白浪费青春。

她说，后悔也认了。

她没有过梦想，没有为梦想哭过笑过跌倒过，没有为完成一个方案熬过夜，没有和知己好友彻夜长谈过，没有谈过一场轰轰烈烈的恋爱……她一细数，发现遗憾居然这么多，根本来不及去想会不会后悔。

人生，若不曾冲破条条框框，若不曾闭上双眼去闯一回，终究会有遗憾吧。

她说，她想当父母的叛逆小孩，想叛逆过去的自己。她不想日后回想起自己的人生，什么拿得出手的回忆也没有。

如今，她找到一份工作，从头做起，常常加班，很辛苦，每天却是神采飞扬，只因为可以凭借自己的能力升职加薪。周末的时候，她和我们这些朋友去看话剧看展览，去南锣鼓巷、三里屯泡吧，谈理想谈未来，聊感情聊人生，说起话来妙语连珠，大笑起来没心没肺。她还参加义工组织，跟着一群年轻人到处跑。上个月，在东南亚某个海岛居然遇到心仪的男孩，正打算开始一段跨国恋。

我亲爱的朋友，全新的生活在你面前展开，像一个精彩的万花筒。但生活并非童话，明天也不总是美好。未来有一天，拥有的一切也可能会尽数失去，生活可能重新陷入低谷，你可能会回到起点，怀疑当初走一条更艰难的路是否有意义，懊恼这些日子的努力完全白费，而你白白浪费了青春最好的时光。

假如真有那一天，请记得要尽情地后悔，最好痛彻心扉大哭一场。然后你会发现，你已不是当初那个畏畏缩缩患得患失的自己。你闯过、勇敢过、叛逆过，生活的起伏和折磨逼你付出代价，却也给你收获，它早早催你蜕变、强大，所以你会重新勇敢起来，继续走你想走的路。

纵使你一败涂地，至少不留遗憾。

米兰·昆德拉说得好：“没有一点儿疯狂，生活就不值得过。听凭内心的呼声的引导吧，为什么要把我们的每一个行动像一块饼似的在理智的煎锅上翻来覆去地煎呢？”

不如就在叛逆和疯狂的道路上一路狂奔。

狠狠摔倒，狠狠哭泣，狠狠后悔，然后找到该走的路。

总好过什么都不失去，也什么都得不到。

灵魂，一直在路上

毕淑敏说，出发时，悄声提醒，背囊里务必记得安放下你的灵魂。它轻到没有一丝分量，也不占一寸地方，重要性却远胜于GPS。如果一个人忘记了灵魂，那么行得再远，也只是一具空空的躯壳，细闻之下还有千年腐朽的味道。

灵魂没有了，这躯壳也就没有生趣，让人品来，只觉无聊至极。

古时候的印第安人有一个很好的习惯，当他们的身体走动得太多、太快的时候，他们便会停下移动的脚步，耐心地站在路边，等候着灵魂的到来。

在他们看来，灵魂的速度是要比肉体慢些的，慢到需要时不时地停下来去等待。有人说，他们会站在原地等上3天，也有人说，他们会站在原地等上7天。

然而，不管他们等待的时间究竟是多少，他们看得终究比许多人都要清楚明白：人，不能没头没脑地一直走下去，一定要抽空穿插在时光的空隙里，耐心等待着灵魂和肉体的会合。

只可惜，古老的印第安人所知道的，我们却始终都读不懂，就像是被时光年轮强迫插上了翅膀，脚下却还是遍地的荆棘，让人无法落足。

马萨达这座城是以色列的脑袋，伫立在一座小山上，脚下便是著名的“死海”。

初到马萨达的人，心里总有些不适应。这是个太不同寻常的城市，它没有树，没有动物，除了偶尔路过的行人，这里就像一个被上帝遗忘的地方。

登上马萨达，如果忽略那纠缠在一起的防御工事和宫廷遗址，那么视线所及的范围内，便只有一片望不到边际的黄土地。

了解马萨达历史的人，在登上马萨达的那一刻，心里或许有所敬畏，或者会有所恐惧。

这是想念的城市，这是在战乱和屠杀中留下来的城市，这是那些无辜被屠杀残害的妇孺们灵魂安息的地方，这是那些为国征战的男人们灵魂最牵挂的家乡。

他们杀死了妻儿，杀死了同胞，最后杀死了自己，将所有的魂魄都安放在了这座叫马萨达的城里。

浮在空中的沙，或许就是那些被无辜杀死的妻儿所化，一声声、一阵阵地呼唤着自己的丈夫、父亲；沉淀在下的土，或许就是那一个个壮丁所变，年复一年、日复一日地守候在此地，等待着最终的团圆。

而在我看来，却是觉得，马萨达的灵魂，是由那十个男子所化，甚至是由最后的那名男子所化。他们杀死了自己的妻儿，杀死了自己的同胞，最后杀死了自己，虽然这些都不是他所愿的。

最后一个自杀的是人苦的，他的身体比其他人苦，他的灵魂比其他人更苦。当他完成了最后的屠杀的时候，手里的签用完了，签子也便完成了自己的使命。他便只能放一把火，在尸首的周围炙热地燃烧。他举起手中的剑，刺向自己的胸膛，让鲜血犹如一团泣血的花，在火光中，格外妖艳地开放。

只是，他的心里有了太多怨念，才让这原本凄凉的城市变得更加惨淡。可即便是这样，也无法阻挡游人的脚步。

灵魂漂泊在路上，途经繁花似锦的团簇，自然也要感受一下天地失色的悲壮。这就是人的天性，不管你的身体在哪里，灵魂总不安分。

悲壮太沉重，沉重到心也无法装下的地步。马萨达脚下之所以有一片死海，或许就是为游人准备的。

当躯体无法支配灵魂的时候，“死海”便成了最佳的去处，在海面上躺上一躺！在这个世界上，死海将无情的一面展现给万千的动植物，却将温柔的一面现给人类看。不管你如何在它的怀里折腾，它总是轻柔地让你回到海面上，把你拥在怀抱中。

我和友人一起，沿着弯弯曲曲地蛇径，步行近1个小时，才到达了死海沿岸。死海所及的地方，景观就会变得异常壮观。水里的游人悠然自得地漂浮在海面上，让岸上的游人也艳羡得表现出一副跃跃欲试的模样。

我站在岸边，仔细观察着每一个人的脸庞，或是微笑，或是享受，或是平静，在这些人中，你很少会看到愤怒、伤心与绝望。或者，这个时候的灵魂已经孤独远行，只留下了不知忧愁的躯壳，悠然享受着。

人们总喜欢给灵魂戴上枷锁，却给躯壳穿上了看似轻松的外衣。

因此，到了死海边的躯壳，可以不需要灵魂陪伴，灵魂也总算逮到了一些时间，可以自由地四处转转。

我不敢说话，打扰这来之不易的祥和。

许多人像友人一样，钻了个缝隙，向死海中走去，在一块空白的地方，很放心地躺了下来。没想到，这刚一躺下，海水便立刻灌入我的嘴巴、鼻子、眼睛里，让我初次尝到了这比一般海水都要咸上10倍的滋味。

友人赶忙将我拉起来，拉着我快速走到岸上，用岸边为游人专门准备的淡水，一遍又一遍地冲洗疼得厉害的双眼。不记得冲了多久，我的眼睛才能够慢慢地睁开。

原本还想要坚持玩上一会儿的，只是胃里实在难受，也只能早早地打道回府了。

教训来得真是及时啊！刚刚把灵魂放开了一会儿，躯壳便要得意忘形起来，结果却要忍受盐水的伤。

喝下的两口盐水，让我的胃经受了好几天的折腾，便又让我的“死海一游”有了莫大的遗憾。毕竟，没享受过漂浮，怎好说是去过死海了呢？就好比没去过大陆，却对大陆的景象侃侃而谈一样。不过，至少我喝到了死海的盐水，好过没有踏过大陆土地的他。

带着灵魂行进，你的躯壳才不会感到孤独；

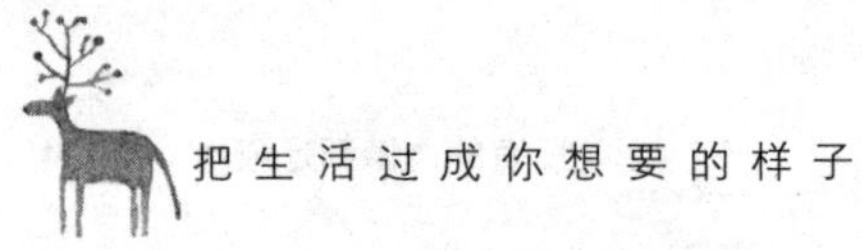

带着灵魂行进，你的大脑才不会六神无主。

所以，不管什么时候，当我们在路上，还是请把灵魂也带上吧。有了灵魂的陪伴，不管走到什么地方，我们都不会一无所有，不会四顾茫然，不会黯然忧伤……

生命到最后总能成诗

中学时代的班长，是个短发女生，皮肤白皙，笑容甜美，喜欢她的男生几乎能挤满半个篮球场。有一次和她一起回家，正好遇到了班上一个男生的妈妈，因为是家长委员会的代表，我们都认识。她是个气质优雅的大美人，又是个医生，穿白大褂的样子真的像天使一样。班长看着她的背影，一脸崇拜表情。她说：“长大后我想成为这样的女人，事业成功，家庭幸福，智慧，优雅，美丽。”

那时的我认为，至少要独自环游世界，或者成为某个行业的伟大开拓者，才算梦想。她说的梦想，未免也太小了。

后来长大了些，才知道她的梦想，多少女人穷尽一生也无法抵达。

现在的她，当上了医生，虽然还只是实习医生，也算前途无限。她仍然保留着少女时期的甜美长相，走到哪里，都是追求者不断，却因为工作太忙，一直保持单身。她离那个事业成功、家庭幸福的梦想或许还很遥远，但的确是在一步步向着理想中的自己靠近。

从小就知道要走的路，不浮夸，不空想，尽一切努力抵达，这个聪明的小女孩，终有一天会成长为智慧的大女人吧。

但是，也有那种不断走在尝试的路上，才知道自己想要什么的人。

朋友认识的一个女孩，高考时填志愿，完全不知道自己要念什么专业，迷迷糊糊在班主任和父母的建议下，填了经济系。大学上到第三年，在她还没搞清楚专业内容的时候，家里生意破了产，欠了许多债，她只好退学，在爸爸朋友开的酒店里工作。从普通的服务生做到领班，她意外地发现自己挺适合做这份工作。但做到领班，就算做到了头。

正在苦闷时，爸爸的朋友问她要不要去学酒店管理，他可以负担学费，就当为酒店培养人才。她当然愿意去学。学了几年酒店管理，她重新回酒店上班，这次不再是当领班，而是成为管理层的一员。很快，她得到了出国的机会，去欧洲的一些著名酒店交流学习，在这期间，她接触到很多西餐相关的知识，结识了不少有名的厨师，由此开始对西餐文化产生兴趣。

回国后，她开始着手进行市场考察，募资开西餐厅。起初，因为缺乏资金，店面很小。但由于她在厨师的聘请上花了重金，西餐的品质和味道非常好，吸引了不少高端客人。生意越来越好之后，她没有扩张店面，而是选择在其他地方开了另一家西餐厅。

在这个过程中，她又对红酒产生了兴趣，专程跑到法国学习红酒相关知识，参观葡萄种植园。回国后，她又开始着手募

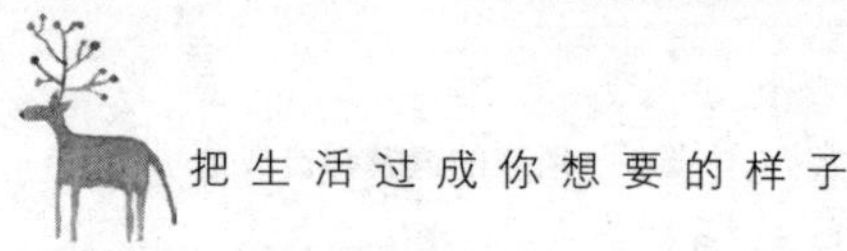

资开酒庄。

到今天，她已经拥有两家西餐厅，一家酒庄，而且又开始专门去学调酒，以后想要开一家由她亲自调酒的私人酒吧。

朋友问她，你到底想要什么，想做什么。她笑说，不知道，可能我想要的就是这种不断发现新鲜事物，不断发现自己还可以做更多事情的感觉吧，因为这种感觉实在太棒了。

所有的梦想都值得珍视，生命沿途的所有风景都值得深爱。

无论是从小笃定自信，笔直地靠近目标，还是跳跃着、徘徊着、犹豫着、辗转着奔向目标，只要全情投入，那么哪一种都是人生，哪一种人生都可以成诗。

此生唯一的自传，如同独一无二的诗。

我的一位远房表姐，从小一直以成为一个好妻子和好母亲为目标。在我们这些自我意识和独立意识强得不得了的女人眼里，有这种想法的她简直是被男权意识同化和奴役的典型象征。所以，我们都嘲笑她，苦口婆心地告诉她，这个目标有问题。

她却不解地问：有什么问题？我是真的想要成为一个好妻子，成就某个好男人，然后养育出几个很棒的孩子。成就别人，我会很有成就感，这样不行吗？

结果证明，我们都小看了她的目标。

她并没有因为这个目标而变得安逸懒惰，也没有忙着四处留意好男人。相反，无论是学业还是工作，她一直努力保持优秀。她以全校第一的成绩考上名校，上大学期间，几乎所有课程都是A，以全额奖学金留学美国，拿到哥伦比亚大学学位之后，又继续攻读MSFE（金融工程硕士），最后留在那边签了一家投资银行。

开始工作的那年，她回国办一些手续。见到她时，她穿着简单的白T恤，黑色紧身长裤，搭配风衣，潇洒帅气，欧美范儿十足，和周围那些打扮花哨的女孩子对比鲜明。我们调侃她，你这副样子，分明是个干练的女强人，和好妻子好母亲的目标相差十万八千里啊。

她仍然不解地问：干练的女强人和好妻子好母亲不能并存吗?

当然可以并存。

后来，她果然在美国结婚生子。丈夫是一位美裔华人，曾经是她攻读MSFE时的助教。和她结婚后，在她的劝说下，他辞掉助教工作，开始在华尔街打拼，如今，已是一位收入颇丰的高级经理人。听说目前夫妻俩打算共同创业，开一家自己的投资公司。

在她的社交账号上，她经常发一些自己的照片，有一张她带着3个孩子逛街的照片，简直可以媲美明星街拍。

好妻子和好母亲的梦想，她真的实现了，而且实现得这样完美。

我们起初都以为她是想嫁给一个多金的好男人，从此做一个男人背后的女人，安逸地相夫教子。原来她是先让自己站到

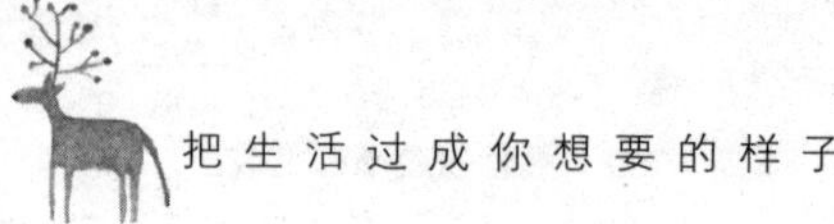

顶端，然后再找到一个好男人，成就他，彼此携手抵达更好的未来。

如果没有哥伦比亚大学硕士学位以及攻读MSFE的背景，她怎么可能成就自己的丈夫，怎么可能和他并肩创业？而当她已足够优秀，她当然有资格仅仅满足于做一个好妻子，好母亲。

好妻子，好母亲，也需要一个更好的自己作为前提。

知乎上有人问，如果你要给自己写一句墓志铭，你会写什么？

有一个票数很高的回答是：来过，活过，爱过。这是古龙形容楚留香一生的六个字，简简单单，足够诠释每个人的一生。

但也有人这么回答：如果没什么事，我就先挂了。

幽默的回答，同样引来点赞者无数。

我更喜欢后一个答案。

人生并没有一个标准答案，1000个人，有1000种墓志铭，我们活着，或许只是为了去寻找一个属于自己的答案。

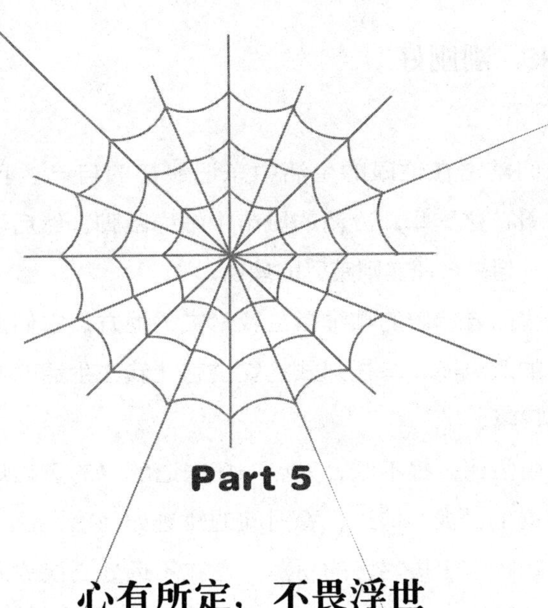

Part 5

心有所定，不畏浮世

放慢生命的脚步，放慢生活的节奏，放慢人生的盲目追求，放慢对财富拥有的执着。

不再焦虑生活的状态，不再忧虑你的所得所失。这样，就刚刚好。

慢慢来，刚刚好

我们常常在忙碌的生活中忘记最初的自己。我们忙着工作，忙着在这繁华却冷清的城市中站稳跟脚，然后弄丢自己，用那些看起来合理实则荒诞的理由。

那些位置偏僻的咖啡馆是我常去的地方。它们像是一个足够安全的避风港，乌托邦式的安全感让我在生活的喧嚣中找到心灵的归属。

我经常什么都不做，只点一杯味道醇厚的黑咖啡，坐在临窗的位置上，视线掠过，看时间的轨迹如何落在这个世界上，它落在咖啡店里最靠里的角落，落在不远处交谈的人脸上，落在路对面低矮的商铺阁楼上，落在只有远处高楼塔尖才能看到的高度上，然后再落在初上的华灯上。

时间像这世界上最精密的丈量工具，一小寸一小寸地，为我临摹出这个世界最真实的样子。这些不加修饰的相望就像手中握着的咖啡，一口口的苦涩下，品出的是最醇厚的甘甜。

这个时候的我是最自由的，不必为所谓尘世的梦想而奔忙，也不必为某些利益得失焦虑，只闲闲地体悟人生，体悟现下的状态。

这样的平静和体悟，只有时间才能给我。

光阴，就是拿来虚度的。

太多的成功理论教我们如何保持足够的热忱去追寻这世间的名和利。我们被纵横的物欲迷惑了心智，什么都不管不顾，马不停蹄地只想朝着所谓的目的地奔去。

让自己脚不沾地行走的人生才会更有意义吗？为了一个看不清轮廓的目的地，错过生命中的另一种美好，就是我们真正想要的吗？

我见过许多年轻人，在咖啡店里买价格高昂的咖啡，却总是脚步忙碌，就着还冉冉上升的热气皱着眉一口气喝完它们。

这样急切。再好的咖啡尝在口中，也是没有滋味的。

在工作闲暇下来的时光里，我也喜爱有一杯香醇咖啡的陪伴，我并不会急切地就着滚烫去品味它们，沸水和着咖啡因熨烫肺腑的痛感，不但失了香醇，还伤了自己。

我只是将它放着，慢慢等着它褪去艳丽的华装，换上秀气的短襦，显示如小家碧玉般的美。

其实，这个时候的咖啡才刚刚好，热但不至烫口，凉却仍余温存。

就像最完美的人生状态，不急不躁，慢慢来，这样的人生才是刚刚好。

不是只有跌宕起伏、起起落落，才算是无愧于人生。

在多变的人生进程中，如果放慢脚步就能体悟到的生活别样的平淡之美。

面对这样的人生，一两个追求上的失意，又算得了什么呢？

很多时候，我们都因为未竟的目标而焦虑，生怕自己失掉了这个目标，也会失掉下个目标一样。我们总是拥有太多想要实现和拥有的东西，我们在忙碌中疲惫，在清闲中焦虑，而其实人生哪有这般纠结呢，忙碌时停下脚步看看夜景，真正无事可忙时，干脆背上行囊，去一直心生向往的远方看看。换个角落看看，忙了或者闲了，并不会相差太多，慢慢来，人生哪里需要这般慌张。

这不由得让我想起了大学毕业那年。

关于大学毕业那年的记忆，似乎到处都是忙碌的身影：实习、工作、毕业、答辩、合影、聚餐，然后就是各奔东西，难再相见。我们在半年的时间里将这些烦琐到难以想象的事情完成，然后在尚且懵懂之时，便被推向了社会，去走向那一个从未触碰过的新世界。鲜花和野兽，都是不得不打起精神去面对的现实。

当我开始收拾行李箱的时候，相识的人还有大半，等我拉紧行李箱准备离开的时候，这些人已所剩无几。这里的一砖一瓦曾经陪伴着我度过4年春秋，我记得它们的纹路，可是它们终会将我模糊的眉目彻底忘却。

我用4年最美丽的时光记下它们的模样，这些岁月将被放在心里珍藏怀念，可它们只消一天，便能将我彻底遗忘。总有一天我将不再年轻，但我一定会记得，曾经的我，在这里煮沸过我心里那一腔血液。

我曾在这里挑灯夜读，只为一本也许意义并不大的外文小说。

我也曾抱着书沉默地走完学校的每一个角落，我做了许久的兼职，然后买下了那套色彩斑斓的画笔。

有人疑惑不解，挑灯夜读不就是为了更高的分数和奖学金，走完学校的时间不如在图书馆背几篇英语作文，兼职赚来的钱是不是该买套更精致的化妆品，好看的皮囊有时候比粗糙的画布更有价值。

我不禁反问：年华这么好，我有足够的兴致和精力去做让我觉得愉悦的事情。未来在不远处耐心地等我，我走那么快做什么呢？

而今天我终将告别这里。

我终于不用像你们一样长吁短叹，那些好年华里没有耐心地等一等想多看看风景的自己。

走得慢一点，你看到的和我看到的就会不一样。

人生就像一段长长的旅行，我们要做的是寻到那些美景，感悟那些深情，然后各自道别，在心中留下一个模糊的空位，用于未来怀念，所以又何必总是急匆匆的呢？

那些你得到的、失去的、拥有的、丧失的，时光让它们充盈你全部的灵魂。并且，唯有这样的人生才显得完满、才值得经营。这是岁月和生活给你的礼物，请你悉心妥帖地珍藏，一生也许仅此一份，错过太可惜。

三毛在她的集子《随想》里曾说：“我不赶时间的时候尽可能走路，这使我脚踏实地。不懒于思想，这使知识活用。我不妄想，迫使心清心明。我避开无谓的应酬，这使承诺消失。

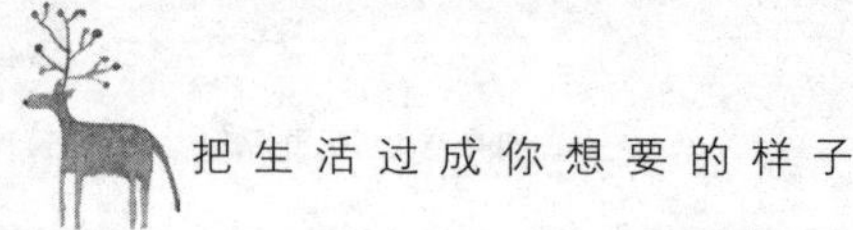

我当心地去关爱他人，这使情感不流于泛滥……我绝不过分对人热络，这使我掌握分寸。我很少开口求人，这使我自由。我看书，这使我多活几度生命。”

走得慢一点，欲望是没有止境的黑洞，脚步再快也无法赶上欲望的滋生速度。你喜欢的大衣，你熬上许多个夜晚拿工资买下它，它却在新款式上市后就被你藏入衣柜，可是你只身旅行遇见的那个会唱法语歌的少年，却在你记忆中开花结果，永不会老去。

不如，就放慢一些。

放慢生命的脚步，放慢生活的节奏，放慢人生的盲目追求，放慢对财富拥有的执着。

不再焦虑生活的状态，不再忧虑你的所得所失。这样，就刚刚好。

不必再提富翁和渔农的故事，他们根本就是两条轨迹的交汇。谁都明白，分开后，富翁仍是富翁，仍会继续追逐他的财富，而渔农依然是渔农，会继续躺在沙滩上，晒他的大太阳。

他们有着各自的梦想，也会继续做各自的梦。

他们在各自的梦中看见最想要的那个自己。

人生中总是存在着很多不期而遇，让徐志摩碰上了陆小曼，让梁思成遇上了林徽因。爱情的美好，成就了他们的姻缘，而爱情中的那些缠绵悱恻，泪水和失意，也被时间打磨成为他们人生故事中的经典，像钻石那样发出永恒的光亮。

曾经的情恨交织、貌合神离，曾经的阴阳两隔、缘深缘浅，都让无数人为之倾怀，为之泪落，为之叹惋，为之伤怀，那是他们的爱情，那也是我们所有人的爱情。感同身受，感动叹息，仿佛另一副血肉。

就像春娇恋上志明，在酒店开房的那一刻，也许就可以将他们的关系推上“快车道”，然而春娇哮喘病的发作，却让恋爱中的两个人尴尬到了顶点。同时达到顶点的，还有观众可能的失望，以及包含在失望情绪中更大的期待。

我们似乎总能找到这样的桥段，在电影中，也在我们的生活里——这就是我们受到“欲望”支配的生活的面貌，只是很多人不想承认罢了。

但终究是受到了“欲望”的奴役和驱使，于是我们生活在各种各样的追寻中，有的会因志得意满而张扬，有的会因不尽如人意而愧惭。也许只是导演的一个小小玩笑，却品出人生几分无奈与几分感慨。

但导演彭浩翔终归还是会让人满意而归，志明的一句“急什么，我们又不赶时间”，把人生归结到一种最满意的状态。我存在，我爱。

时间是我的朋友，我们应该并肩作战而不是相互追赶。

我只要慢慢走，风景正好，身边有你更好。这种状态，就是我的刚刚好。

护好自己的初心

记得在曾经的夏夜，我躺在奶奶的腿上，仰视着灿烂的星空，点数着天上的星星。奶奶一辈子都没有进过学堂，但她却总是反复叮嘱我要好好学习。

或许她也知道知识的重要吧，或者只是不愿让我们再受她们以及我的父母曾经受的苦。

奶奶的话不多，但总是淳朴的。她总以最浅显的话，说自己一辈子积攒下的道理。在爷爷早逝之后，她以自己的小脚带领着全家，与大姑协同作战，硬是支撑起了一个家庭的门面。那时候，爸爸的兄弟们的肩膀还很稚嫩，于是身为长女的姑姑便承担起了一家人的大部分工作，忙里忙外，不得停歇。

失去了男人支撑的家庭，在老家那边是受人歧视的，自然也可能受到各种各样的欺负。但即便是这样，在奶奶和大姑的支撑下，兄弟几个都成了喝过学堂墨水的“知识分子”，村民们遇到大事小情了，总也会求助他们，完全没有了先前的歧视。

虽然他们最终都落在了农村，但却再没有人瞧不起我们家的任何人。

奶奶和大姑以她们柔弱的肩膀和“三寸金莲”，为我们支撑起了很大的天空。

及至哥哥和我到了该进学校的年龄之后，父母又把我们送进了学校。这时候的学校已经比父辈时候所拥有的教学条件有了非常大的提高，但在奶奶的嘴里，那仍然是“学堂”。或许，奶奶终究觉得，“学堂”比“学校”更加庄雅一些吧！

小学生活总是欢愉而又短暂的。随着岁月的流转，父亲岁数的增长，我们肩上书包里的书本也越来越多、越来越厚，价格也越来越高了。伴随着书本厚度的增加，我的鼻梁上也开始架起一副镜片，并慢慢地增厚。

学杂费越来越高昂的支出，让爸妈不得不精打细算地过日子。除去必要的生活支出，爸妈每月的收入中，很大一部分都交到了我们手里，再由我们的手，颤颤巍巍地交到老师的手里，看着老师在那里皱着眉头，耐心地点数手上的一沓沓零票。

就这样，生活就一天天地在路上、课堂上过去了。

小时候的经历是美好的，但农村的生活却是艰苦的，无论是幼时印象中不时跳动火焰的小煤油灯，还是低矮的、随时担心可能因大雨而塌落的房顶。

这些都在我的脑海中留下了深刻的印象，尤其是跳动着火焰的小煤油灯，燃烧着让我们每个人的鼻孔都黑黑的、劣质煤油的手工小煤油灯，甚至直到现在，我也还记得一家人围坐在低矮的饭桌上，就着小煤油灯昏黄的跳动的光，吃晚饭的情景。

在昏黄的抖动着的煤油灯光中，一切事都难免犯错。二伯喜欢抽烟，野外作业的他，下来休息的时候，就常用烟卷来打发时间。有一晚，他就蹲坐在房门处，坐在低矮的门槛上，一边跟爸妈唠嗑，一边摸出烟卷来用火柴点燃，长长的身影隐没在外面暗黑的世界里。

那个时候，好像老家的小商店里刚刚贩卖过滤嘴香烟，当然都是比较劣质的了。二伯习惯性地点燃了香烟，抽了一口，感觉味道不对，再看时才发现是颠倒了香烟的头尾，点燃了过滤嘴的一端。

煤油灯下的记忆总是欢乐的，完全不像雨夜中的记忆那样沉重。

几乎每个雨夜，爸妈都会用手电筒小心地查看着墙壁，查看着可能会塌落的地方。听着屋顶上楼下的水砸在水盆里的叮叮当当的声响，我半睡半醒地赖在爸妈的怀抱里，总是觉得那样的时间很讨厌，很难熬。

终于，在某一年的春末，无法再履行使命的老屋，在人们热火朝天的号子声中倒下了，并在它垫起的地基上，立起了一座宽敞明亮的砖瓦房。

为了建造这座砖瓦房，爸妈几乎将所有的积蓄都花费殆尽。当砖瓦房终于竣工并完成装修后，爸妈可供支配的钱，只能支撑一家人十来天的生活。

生活水平总是变化很快。

短短几年时间，村子里就发生了很大的变化，当很多人家都开上了农用机械的时候，爸妈却不得不盘点手中不多的钱，紧巴巴地过日子，并竭力支撑着我和哥哥的学习所需。

为了让我们上进，爸爸经常用别人的话激励我们，说谁家谁家的孩子下学出去打工了，一个月赚到的钱够我们小半年的学费了，又说谁家谁家的孩子都会赶车驾辕，帮大人们收拾庄稼地了，又说谁家谁家的大人跟爸爸说，为了供我们上学，已经几台拖拉机都开进学堂里了……

每当爸爸说起这些的时候，妈妈总是说，跟他们提这个干吗？

爸爸总是说，干吗不能提？就要让他们知道知道咱们生活得不容易，让他们知道好好学！

而我和哥哥，也只能尴尬地笑着，在心里立下心愿，一定要让爸妈过上幸福生活。

年初，当我和哥哥带着全家人再次回到老家的时候，爸妈早已迎出了家门口，倚在村口的木墩上，远远地张望着，当我们的车最终映入他们的眼帘的时候，他们便站在一起，站成了一座浮雕。

未曾发现，原来高大健壮的父亲，如今却也略有些佝偻，原本红润美丽的母亲，如今却也挂满了风霜。

看到这些，我的双眼不禁有些湿润，像是要落下泪来，但很快就被孩子们吵闹的声音给吓缩了回去。

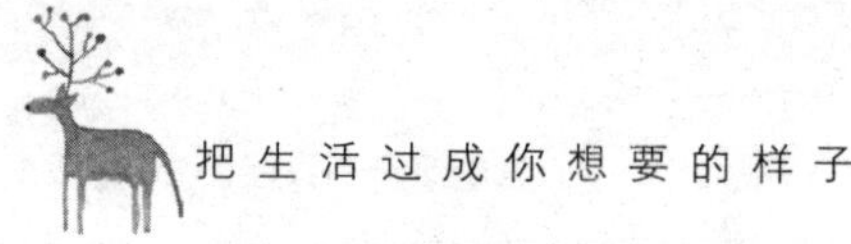

农村的年味总是更浓一些，不光有噼噼啪啪的爆竹声，也还有乡里乡亲的家长里短、问候叮嘱。离家几年，我们的生活以及家乡的面貌，都有了不小的变化，甚至还出现了几栋私家普通的楼房。相比之下，让我家修建了十几年的低矮的砖瓦房，更加低矮、丑陋。于是，我们便几次三番地劝说爸妈随我们一起生活。

如今的我们，虽然早已经成家立业。但是，劳作了快一辈子的爸妈，依然无法离开那片土地，一是他们舍不得家里的猫狗和锄头，舍不得田里的收成，一是仍健在的奶奶，虽然她已经不再认得日夜操劳、侍候她的人到底是谁，但爸妈说，只有当他们在的时候，奶奶才会安心，也只有当奶奶在他们跟前的时候，他们才更安心。

就这样，彼此相守着，一守就是一辈子。

虽然经历了乡人的取笑，但无论是奶奶、大姑，还是爸爸、妈妈，都坚守了自己对于未来生活的憧憬，并努力地一点点改变生活本来的样子。

我想，生活得更好，就是他们的“初心”吧！

而在这种改变中，爸妈一起经营了他们的爱情，虽然彼此都羞于把“爱”字说出口，但举止眉眼间，都显现出他们对彼此的浓重的爱！

我想，生活本就应该是这个样子吧！滋味平淡却最真实，经历苦难却最恒久。

让每个人都在自己的故事里绽放

我曾经听说过几个与你有关的故事。

只是与你有关而已，在这些故事里，你不是主角，只是配角。

如果把你比作一朵花，那么你并没有在许多人的注视下，开在三月烟雨里，败在暮春黄昏后，赚足人们的欣喜和欢笑，伤怀与眼泪。

是的，你并没有。你只是开在别人盛大的故事背景里，静静地开放，静静地凋谢，来过，又走了，有人看到，有人没有看到，有人记了一生，有人转瞬即忘。

这很寻常。因为你只是你自己的主角，每个人都只能是自己的主角。

可惜这道理你领悟得太晚。

第一个故事

她是你的好朋友之一。

你却是她人生的第一个好朋友。

此前她当然有过很多朋友，从小一起长大的发小，小学、初中、高中的玩伴，在网上聊得来的朋友，旅行时结交的朋友，但直到大学与你相遇相识，她才觉得自己的人生里第一次有了好朋友。

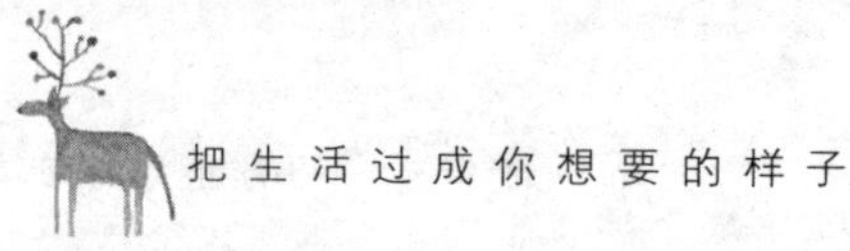

在她心中，朋友和好朋友的概念相差甚远。

她不会对朋友说自己羞耻的糗事，不会向朋友倾诉幼稚的梦想，不会告诉朋友自己曾经为暗恋的人做过多少傻事。

但她会告诉你。

你问过原因。她说，她觉得你懂她。

是的，在她心目中，你们是彼此的知己。

知己这种感觉很难说，同寝室四个人，她就只喜欢和你玩，只有在面对你时，才有说不完的话，只有和你在学校后门把酒言欢，才觉得痛快。

但她几乎是带着悔恨在诉说这个故事：不食人间烟火的知己，在青葱校园里尚且可以维持纯粹，一沾染现实，就一败涂地。

毕业前，她抢了你的男友。

真的不是故意的。是你的男友追的她，而她觉得，无论如何，爱一个人是没有错的，她在你面前哭泣，真的对不起，对不起……

你气得打了她一个耳光。

毕业后，你们断了联系。

现在，她后悔得不得了，恨自己当时鬼迷心窍。如果再给她一个选择的机会，她说她一定会选择一辈子的友情，而不会选择一场转眼成空的爱情。

可是，谁知道呢？

每个人都只是在当下那一刻做出了自以为正确的决定。那一刻过去了，就永远地过去了，没有重来的可能。

第二个故事

他是你的第一任男友。

你却不是他的第一任女友。

是谁说过，这个世界上从来没有对等的爱。

有时，你喜欢他，他不喜欢你。有时，他喜欢你，你不喜欢他。还有些时候，你们两情相悦，付出的感情却并不对等：你全情投入，一心一意；他却边爱边退，要么沉浸在上一段失败的恋情里无法自拔，要么视线里还有你之外的其他女孩。

你和他就是如此。

他说，他决定和你在一起的时候，真的是下了决心要对你好。

每一个节日他都陪你一起过，送你礼物，每天给你发短信，关心你，照顾你，为你做一切男朋友该为女朋友做的事。

可是，怎么办呢？夜里说梦话，他叫的不是你的名字。走在大街上，他眼神留意的女生类型，永远是像初恋女友那样长发飘飘、长相清纯的女孩。他忘不了她。

大四的时候，你留起长发，黑色的直发，走动时随风轻扬。他却忽然觉得无法和你在一起了。他说你长发飘飘、抿着嘴不说话的样子，太像他的初恋了。他受不了。

追你的好朋友，纯粹是巧合。他说，恰好她离得最近，而且是短发女孩。

他当时脑中所想，只是想要迅速地离开你，最好是用你无法接受的方式。

果然，你当时什么也没说，就离开了他的视线。

六月毕业季以后，你们再未相见。

如今，他再想起你，只能记起一个模糊的影子。

这样的男人，心里记得最清楚的，总是那个一度得到又永远失去的初恋。唯有初恋，是记忆里最初的美好，此后谁也不能取代。

第三个故事

他们是你的父母。

你是他们唯一的女儿。

他们曾经认为，自己是世界上最好的父母，而你是世界上最好的女儿。

你们不像别的家庭，父母是父母，儿女是儿女，你们没有隔阂，亲密得好像朋友、知己。你们几乎无话不谈，他们那一代人过去的故事，他们的烦恼，你都会认真听，而你喜欢的流行音乐，你在学校的见闻，甚至你的心事，他们也都会用心倾听。

你们一起去旅行，一起去新开的餐厅尝鲜，一起去江边散步看夜景，甚至你有了暗恋的男生，他们也不像别的家长那样反对早恋，而是光明正大地给你分析利弊，为你鼓劲。

直到你的叛逆期来临，这个完美的家庭蒙上了阴影。

他们说，你的叛逆期来得很晚，在大学毕业后才开始叛逆。

本来，他们打算和你一起商量。他们并不打算干涉你的职业选择，对你的人生规划指手画脚，他们只是想要用自己的阅历和经验，为你提供一点小小的参考。毕竟，从小到大，关于你的任何事情，都是一家人商量决定的。

谁知道，你完全不和他们商量，就私自申请去国外当交换教师，而且去的是远在非洲的一个很小的国家。

这是怎么回事？他们一下子有点懵。

你办好一切手续，抵达目的地，才给他们打电话，让他们不要担心。

他们怎么可能不担心呢？但没有办法，他们只好等你一年交换期到期回国，再和你谈。

他们没料到的是，你回国后又马不停蹄地去了上海，在那边做了一名翻译。从此在世界各地飞来飞去，极少回家。

你的父母这次真的伤心了。

他们仍然一起去旅行，一起去新开的餐厅尝鲜，一起去江边散步看夜景，但他们有时坐在家里，面面相觑，会想着："我们做错什么了？为什么女儿会变成这样？离我们这样远？"

听完这三个故事，我发现自己根本拼凑不出你的模样。

每个故事都与你有关，可是每个人在讲述的时候，都是在说自己。

如果在从前，你大概会说，人都是自私的。但现在，你只会说，你可以理解。若你来讲述这三个故事，当然也只会说自己。

每个人，不管和你多么亲近，都只能活自己的一场人生，不是吗？

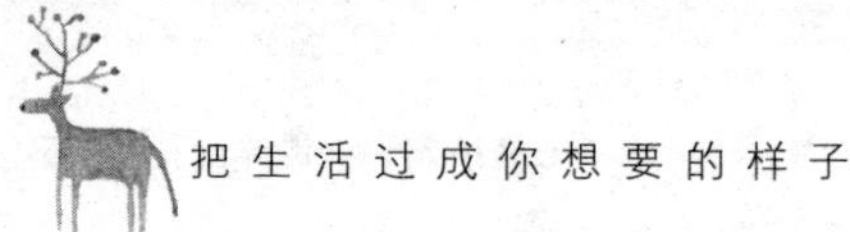

你告诉我，在第一个故事里，你的好朋友说出那句“你懂我”的时候，你真的很感动，心里想，一定要成为世界上最懂她的人。

她喜欢看电影，所以你也看电影，而且只看她看过的电影，为的是某一天她和你聊起来，你可以对答如流，还能说出合她心意的回答；她喜欢在有风的时候站在阳台上发呆，喜欢在有云的日子里躺在草地上听音乐，喜欢在有星星的夜晚去操场散步，你陪着她，希望能够在每一个合适的时机，背诵几句她喜欢的诗；她有一个幼稚的梦想，告诉了你，于是你去查阅一切和这个梦想有关的资料，了解这个领域的所有动态，为的是有一天可以成为她梦想的助力。

没错，你们是知己。你当然懂她。哪怕全世界背叛她，反对她，你都会站在她身边，说一句“我懂你”。

结果，你只看到一个你再也看不懂的她，挽着你的男友，出双入对；看到她来跟你说对不起，眼神里却没有一丝悔意。

在第二个故事里，你原本也以为你和他是两情相悦，但后来渐渐察觉，他对你有些心不在焉，那阵子，恰好你第一次听说了他初恋女友的故事。你那么爱他，当然愿意为了他而改变，你想，哪怕只是替身也好，只要他愿意把视线停留在你身上。

于是，你蓄起长发。你的头发长得很慢，发质也不好，整整两年的时间，你花了多少时间来打理，费了多少心思来保养，才养出一头黑亮的长发。你知道他的初恋女友是冷美人，所以你也故意减少了表情，尽量冷着一张脸。

结果，他为了从你身边逃走，去追求你的好朋友。那个时候你还天真地想，怎么会是她呢？她明明和他的初恋一点儿都不像。

在第三个故事里，你起初也觉得，你的父母是天底下最好的父母。别人的父母都很严肃，你的父母却从来也不凶你，永远温言软语，问你的意见。别人的父母都说一不二，你的父母却永远耐心地和你说话，哪怕你的话再幼稚，他们也不会嘲笑你。

你是真心想要成为他们心目中最好的女儿，温柔，善良，优雅，有教养，聪明，讲道理。你走在他们中间，挽着他们，得体地微笑，你是他们这辈子最大的骄傲。

等到你终于发现你的错误时，你已经失去了最起码的自由。

考大学时，你想考一直很感兴趣的新闻系，你想当一名记者，父母却觉得你不太适合，当记者太辛苦了，而且这个职业很不安定，压力也大，他们轻声细语地建议你，是不是学英语更好一些？英语很重要，学好了总没有坏处。你觉得呢？

每一次，他们和你商量，最后总会说一句“你觉得呢”，然后以殷切又亲和的目光注视着你，仿佛早已知晓你无法拒绝。

你当然无法拒绝。你是他们心目中最懂事的女儿啊。

所以每一次你都点头说好。

直到毕业时，你才终于第一次违背了父母。因为好朋友和

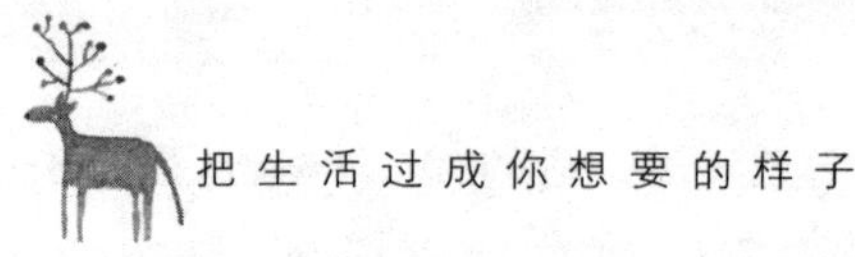

男友的背叛终于让你意识到，你错了。错在总想成为别人故事里的主角，满足别人的期待，却对真实的自己置之不理。

结果，你绽放在他人的故事里，成了配角，却从未在自己的故事里以主角的身份绽放得鲜妍美好。

你告诉我，此后你只会在自己的故事里绽放。

不会再为任何人，演绎出一个虚假的、连自己都讨厌的你。

村上春树说：“白昼之光，岂知夜色之深。”很像《白天不懂夜的黑》唱出的那种隔阂和无奈。但假如你是白昼，又何必非要知道夜色之深？不如只欣赏自己绽放的耀眼光芒。

就让每个人都只在自己的故事里绽放吧。

这样的世界或许才更美好。

和你喜欢的一切在一起

那天，无意间翻到卡梅隆的人生履历。

此前，我对这位好莱坞大导演的印象仅仅停留于他拍出了当时世界票房最高的电影《泰坦尼克号》，后来又拍出《阿凡达》，刷新自己创下的票房纪录。总而言之，他是一位很成功的商业导演。

翻完他的履历才知道，原来他还是单人抵达深海极限（马里亚纳海沟水下近11000米）的第一人。

这位疯狂的探险爱好者，曾经花了20年时间研究“泰坦尼克”号，是世界上首次使用机器人进入海底沉船遗骸内部进行拍摄的人。他拍摄的探险纪录片，都取材于自己的真实探险经历。

而作为电影人，他革新了水下特技，为3D技术带来了历史性突破，数次打破世界电影成本纪录，又数次打破世界电影票房纪录。

这是一场时刻都在“折腾”的人生。

“如果你总是担心，而不迈出那一步，那么你什么都不会得到。”

从他嘴里说出来的这句话，完全是他人生的写照。他永远都在“迈出那一步”，不仅是事业，感情和婚姻也是如此，他永远活得像一个孩子气的老顽童。

有人说，他的生命永远是抵押出去的，抵押给梦想，抵押给冒险，抵押给世界上最美好的事物，抵押给好奇心和对世界孜孜不倦的探索，最后，抵押给他所爱的妻子和儿女。

很喜欢“抵押”这个词。

热血动漫《海贼王》里的主角路飞出海冒险时，别人问他：“你不怕死吗？死了就什么都没了啊。”路飞说：“我有我的野心，有我想做的事，无论怎么样我都会去做，哪怕为此死去也不要紧。”

他说：“没有赌命的决心就无法开创未来。”

我们活在这世上，何尝不是一场冒险，何尝不是在赌命？把自己的性命“抵押”出去，才能换来上天许诺的点滴收获。

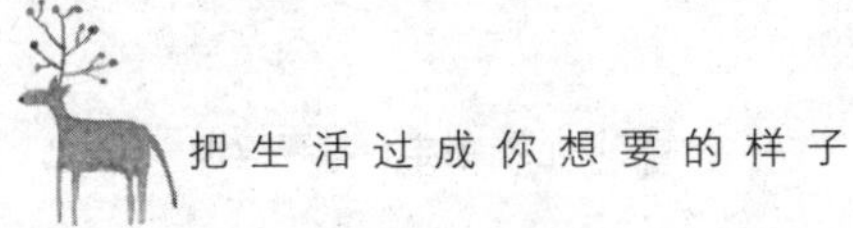

把生死抵押出去，才能换一场人生；

把时间和努力抵押出去，才可实现一个梦想；

把爱抵押出去，换来另一份爱；

把苦难抵押出去，换来未来的美好；

把恐惧抵押出去，换来波澜壮阔的冒险；

……

何不倒掉温情脉脉的鸡汤，把人生形容成一场残酷的冒险？告诉自己，假如只是坐在那里，什么都不想失去，什么也不“抵押”，就会止步不前，让所有的梦想都胎死腹中。

在咖啡馆闲坐时，隔壁桌一对情侣，互相拿着小叉子给对方喂提拉米苏，你一口我一口，甜甜蜜蜜。

女孩忽然问：“你的理想是什么呀？”

男孩答：“养你呀。”

听了这个不知从哪儿学来的标准答案，女孩假装生气：“我才不要你养。”

“可是我想养你。”

这当然只是情侣间的情话戏言，却让一旁的我想起在英国留学的堂姐。

在去英国之前，堂姐也有一个爱得如胶似漆的男友。

如今她一个人在英国，单身。每天上课，打工，和朋友一起泡吧，来年就要毕业，打算在那边找工作。

有时在线上聊天，她只谈课业、未来的计划、英国的天气，绝口不提爱情。

得知她决定去英国留学时，男友很崩溃，哭着求她不要离开。一开始，面对他的挽留，堂姐很感动，内心也很动摇，直到男友说出那句话："你不用那么辛苦去国外念书，以后我养你就行了。"

男友家境相当好，说要养她，自然不是说说而已。

但堂姐愣了半晌，才说："你知道我的梦想是……"

男友打断她："有我的爱还不够吗？我说了我养你。我一定会爱你一辈子的。"

堂姐沉默许久："我曾经和你说过我的梦想，可是你不记得了，对吗？"

男友真的不记得了。或许在他眼里，女人的梦想并不重要。

堂姐的梦想是成为一名国际记者，为此才选择去传媒业发达的英国学习，男友却说他养她。他们的交谈根本就不在一个频道上。

原本火热的爱一下子冷却下来，她很干脆地和男友分手了。

或许再也不会遇到像他那样细心、温柔、痴情的男人，或许从此会变成只拼事业的"缺爱"女人，可是，她并不需要一个不懂她的人在身边嘘寒问暖，那样的爱巢也会变成她人生的牢笼。

很多天后，我看到堂姐在她的推特（Twitter）上写下这样一句话：

"或许别人觉得爱情美好，但我觉得梦想更美好；或许别人需要房子，需要婚姻、金钱、稳定的生活带给她安全感，但

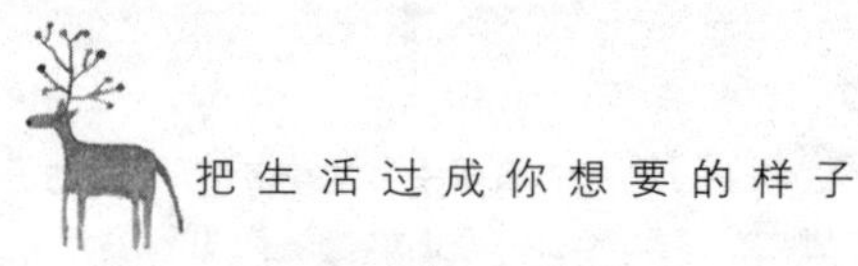

我觉得梦想给予的安全感更强烈。”

所以，她的选择是：放弃自以为美好的爱情，和真实的梦想在一起。

前两天，我参加了一个聚餐。席间有人感叹“北漂”之苦，为了梦想来到这座城市，远离家人，忍耐寂寞，辛苦拼搏，如今梦想成了碎梦，不知何时才能成真，而家乡的他早已结婚生子，幸福生活……

此言一出，附和者众多。在座数人，除了一两个北京“土著”，其余皆是“北漂”，尽管多数是事业小成的“北漂”，但说起漂泊之苦，都是各有各的心酸，一时间唏嘘慨叹声此起彼伏。

这时，有人冷笑一声：“又想陪父母，又想好好结婚生子过安逸日子，又想实现梦想，事业名利双收，你们以为自己在演《哆啦A梦》剧场版吗？”

一句话，犀利得让所有人无言以对。

接下来的聚餐，再也无人提起这个话题。

后来，我和这位语出惊人的哥们儿有过一些工作上的来往。

一日，谈毕工作，聊起当日的事。

他不好意思地说：“当时我说话冲了点，但我的确不喜欢听人诉苦。人不可能什么都得到，这是一个很简单的道理。难道你不觉得，感叹漂泊很苦，这本身就透露出一种不自信吗？漂有什么不好？比如我，我的梦想是建立一家优秀的上市公司，那我就得把自己抛离安全的轨道，就得漂着，漂着我才能强大啊。你要真让我过舒适安稳的日子，我还担心我的拼劲会被消磨光呢。”

“选择了就要认，否则不要选。”最后，他总结道。

的确如此。

我们都不是大雄，都没有哆啦A梦，所以不能任性。把自己抵押给梦想和冒险，就不能再同时抵押给安逸与现实。

但勇敢、自由、梦想、努力、志同道合的伙伴，难道不是人生最美好的事物？我们都是为了和这些更美好的事物在一起，才做出了最好的选择，像韩寒说的那样：“和你喜欢的一切在一起。”

这是一个简单的道理：当你已经和人生里许多美好的事物在一起，那么对于已经押出去的筹码，就不必再扼腕叹息。

一步步接近更好的未来

你的来信

亲爱的旧友：

你还好吗？

看到这句话，我知道你可能又要皱眉撇嘴了。

你从来都讨厌寒暄客套，有时和熟人在路上遇到，熟人寒暄几句，问你去哪儿，吃饭没，最近好不好，你都会像傻瓜一样站在路边，认认真真思考你打算去哪儿，是刚吃过早饭还是午饭，最近到底活得好不好。

其实，你也知道，别人只是随口一问罢了。

你一直是一个认真过头的女孩子，思考的时候永远眉头紧拧，好像人生是一个解不开的难题。这样的你，把握不好寒暄客套的度，也不知道如何恰当地应对，所以你对此讨厌极了。你问我，人们为什么要浪费时间来说这些客套话？

后来你听人说，芬兰人私人空间大得出奇，他们从来不寒暄，当他们问别人最近好不好时，那是在期待真诚而有分量的回答。

你开心地把这些事说给我听，感叹说芬兰真是个理想的国度，以后要去那里终老一生。我很不识相地给你泼冷水：芬兰的冬天，早上刚起床，天就快黑了，在那里待久了很容易抑郁，而且那里剪头发贵得要命，你这么爱美，天天都要去美发店做保养的人，很快就会破产的。

你当然知道我是故意损你，所以并不介意。在我们相识的日子里，我们一直都是这样的损友关系。

所以，我怎么会和你客套寒暄呢？然而，现在那句“你还好吗”，真的是我在和你分别这么多年后，最想问的一句话。

那个时候我们多年轻啊，脸上的痘痘一颗一颗地往外冒，看着隔壁班班花吹弹可破的皮肤，觉得自己像只丑小鸭，总是低着头走路。

但如今回想起来，我竟然觉得那些痘痘也是美好的，就像我们刚刚绽开的青春。

未来那么远，那么长，仿佛永远都不会到来，也永远都不会结束。

唯有青春，灼灼盛放。

我们一起上学放学，一起读书、自习、泡图书馆，一起跑步，一起逛街，偷偷买化妆品学化妆，互相毒舌点评对方喜欢的男生，陪对方去看偶像的演唱会，甚至还曾经一起离家出走，在大街上夜游好几个小时，之后因为实在太害怕，各自灰溜溜地回家。

我记得那时我生病请假，从不爱记笔记的你，居然认认真真做了好几天的笔记，将笔记本递给我时，还故意装出一副不耐烦的表情；我被老师叫到走廊上说教那次，你在老师身后冲我做鬼脸，逗我开心，后来被老师发现，两个人一起挨了骂；我喜欢的男生交了女朋友时，你陪着我一起骂他，说他没眼光，诅咒他们早点分手，甚至趁着给楼下花坛浇水的机会，故意手一滑，浇了他俩一身。

现在，还有谁会陪我做那些事，还有谁会为我做那么多事呢？

我们都长成了忙碌、自私、焦躁的大人。

知道两个人考上同一所大学的时候，我们多开心啊，炎热的天气里，开心地跑去买最喜欢的冰激凌，各自举着，像喝酒一样碰杯。

都以为能够一直一直在一起，直到当上彼此孩子的干妈，直到有一天老了，还能手挽手一起去逛街。

谁知道只是因为专业不一样，各自的交际圈不一样，我们就那么轻易地疏远了。在食堂里偶遇时，我连你什么时候爱上吃番茄鸡蛋都不知道，我记得你以前完全不吃番茄。

当然不能怪你，因为我的大学四年真是忙得不可开交，忙学生会、出校报、打工、修双学位、实习、找工作，还抽时间谈了场恋爱，唯独没有时间和你联系，哪怕只是在校内网上留个言。

回过头来，才知道我们已经像郭敬明说的："那些以前说着永不分离的人，早已经散落在天涯了。"

现在，我在大城市安了家，在一家不错的企业工作，买了车，房子刚刚付了首付，和男朋友开始谈婚论嫁，未来看起来充满希望。但我总是忍不住回望过去，回望和你一起度过的青春，所有的细节都在回忆里越来越清晰。我不知道自己错失了什么，但我知道，我很想念你。

直到最近，我才得知你的大学四年过得相当不顺，父亲生病，学业荒废了半年，为了就近照顾父母，找工作很艰难，就连恋爱都不顺。你过得那么灰暗，我却不在你身边，连一点关心你的念头都没有，有时想起来要联系你，又觉得你大概已经交了新的朋友，有了新的爱好和圈子。明明是自己害怕面对你无话可说，却给自己找一个高明的借口，说服自己不要去打扰你。

此时的我，仍然不敢直接去找你，只敢给你从前的邮箱发了这样一封信。

心里盼着你还在用这个邮箱，却也盼着你永远不会看到。

很狡猾，对吧？

这么多年过去了，我也只能说一句：对不起。

只能问一句：你还好吗？

我的回信

亲爱的朋友：

我很好。

真的很好。

你知道我不喜欢寒暄，不喜欢说客气话，也不会在别人问“你好吗”的时候，不走脑子随口答一句：“我很好，谢谢。你呢？”

所以，我真的是在认真思考过后，才回答你：我真的很好。

是啊，这么多年过去了，一切都已改变。

科学家说，人身上的细胞7年会全部更新一遍。我们是不是可以理解为，每过7年，我们都会新生一遍？

你看，我现在已经新生了。

父亲的病早就好了，他现在健康得很。我荒废的学业在大四之前补上了，顺顺利利地毕了业。刚毕业，我靠熟人关系在家乡找到一份薪资还不错只是和专业无关的工作，做得很不开心，看不到未来。不过，现在我已经来到另一座城市，找到一个适合自己的职业，发展得还不错，买了房子，把父母也接了过来。就连当初不顺的恋爱，如今也重生了，变得更好的我，已经遇到了更好的人。

大学四年，的确是我人生里最灰暗的时期。那时，你就在离我不远的地方，我却仍像是孤身一人，艰难跋涉。所以，你为此自责，悔恨。

但实际上，你根本不用自责，因为当时我的身边还有其他人在，我新交的朋友，宿舍的姐妹，甚至系里比我大不了几岁的年轻辅导员，都对我很好，他们帮助我，鼓励我，为我加油打气，陪伴我，温暖我，和我一起度过那段难过的日子。

我说我是孤身一人，艰难跋涉，是因为，即使再多的人在我身边，我也只能独自面对人生。你，我，我们所有人，都是这样的。你有你的泥沼，我有我的泥沼。我们都在生活的泥沼里仰望蓝天，一步步接近更好的未来，不是吗？

所以，你何必自责呢？

不如我也用一句郭敬明的话回答你吧：“假如有一天我们不在一起了，也要像在一起一样。”

你的信里，提到我对你的好。但你知道吗？其实你对我更好。

那时我生病，爸妈都去上班了，只剩我一个人在家，你跷了课，专门来陪我，给我熬粥，为我做冰袋降温；我和男生打架被教导主任抓住时，你作为学生会干部，却为我挺身而出，说打架的人也有你，你愿意和我一起挨罚，最终逼得教导主任不了了之；我喜欢的男生拒绝我的表白时，你也陪我一起骂他没眼光，诅咒他以后都交不到女朋友，一直是乖学生的你竟然利用学生会干部的职务之便，说服老师，把他的名字从演讲比赛的名单上删掉了。

后来，你说那是你做过的最龌龊的事，不愿再提起，我却一直都记得，因为你那是为了我啊。

你看，我们一直都记得彼此的好。

这样多好。

我们曾经共有过最美好的青春，此后的疏远，不过是缘分、命运使然。

每一种青春最后都会苍老，只是我希望记忆里的你一直都好。

这是我一直喜欢的一句话。

送给你，也送给我自己。

面朝大海，春暖花开

澳大利亚Modscape建筑公司近期计划在维多利亚州的西南海岸悬崖上建一座海景房Cliff House。整栋建筑悬空于峭壁之上，一侧用工业钢筋固定在海岸岩石上，总共5层，顶部是车库和入口，由一部电梯连接，拥有3间卧室，底层有浴室、露天温泉和烧烤区，房子的外墙几乎全都由钢化玻璃装饰，只要你不恐高，那么在屋内任何地方，都可以全方位地尽情享受海景。

这真是现实版的“面朝大海，春暖花开”。

但这毕竟是个例。

这个世界上又有多少人真正能够住在海边呢。何况，即使住在海边，恐怕也要为生活奔忙，又有几个人能够日日无事，看海看花？

说到底，这只是诗人笔下的理想罢了。

当初海子写下这句诗，本意或许并不是为世人勾勒一种假想的美好生活。但这几个字描绘的图景太过美好，以至于当人们厌倦眼前的日子，挣扎于苟且现实不得解脱时，总是会不由自主地向往那样一种生活：

“面朝大海，春暖花开”，单纯、明亮，温暖，没有冰冷自欺，没有背叛伤害。

有一年，老爸生病，我回家照顾他。每天在医院、病人、消毒水、药水的气味里度过，又担心老爸的身体，心疼他遭罪受苦，从早到晚心情都很坏，又不能被老爸看出来，影响到他的情绪，所以我面容上总是微笑着，言语里也都是温柔的安慰。

我又焦躁又疲倦，祈祷着老爸的病赶快好，祈祷着这样的日子赶紧结束。

某天夜里，忽然收到朋友的短信。只是单纯的问候，因为我一直在家，很久没有和朋友联系，他有点担心我。他告诉我他正打算去海边，问我要不要和他一起去。

他说，一起来海边吹吹风。

我当然没法和他一起去。

但他那句“来海边吹吹风”，却不可思议地抚平了我的焦躁。

我想象着和他一起走在海边的情景，海浪温柔，海风带着清新的咸腥气息，脚下是柔软细沙和漫过脚面的海水，我和他肩并肩，沉默地漫步，长发被吹得高高扬起……

只是想象，就已如此美好。

后来，我和他成了恋人，一起去看过很多地方的海，当然都很美，但我至今怀念的，仍是那一次想象中的风景。

在我最艰难的时刻，带着治愈人心的辽阔与安宁，出现在我的眼前心底。

面朝大海，春暖花开，仅止于想象或者向往，大概会更美好。

毕竟，真要每天住在澳大利亚维州西南海岸的Cliff House里，日子过久了，只怕也一样味同嚼蜡。

能够让人念念不忘的，从来不是一成不变的日常，无论这日常有多么奢华、独特。

Z小姐一直以过上奢华生活为目标，她才不想和身边那些女孩一样，每天踩着高跟鞋去挤地铁公交，买一件名牌都要下好几个月的决心。

所以，当她遇见一个年轻多金的富二代时，她告诉自己，一定要不择手段拿下这个男人。

当然，Z小姐所谓的“拿下”，是和他结婚。但这个男人根本不想结婚。Z小姐只好退而求其次，做他的女朋友，只要他为她花钱就够了。

他的确舍得花钱。他带她去夜店，一掷千金，带她买名牌包、衣服，直接把信用卡递给她，带她去度假，住海边的五星级酒店。

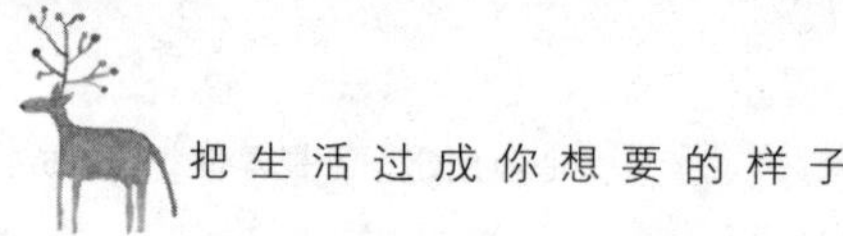

靠她自己的薪水，当然享用不起这些。但为什么一定要自己去赚呢？

和他并肩坐在情侣套房的阳台上，喝着红酒，看着眼前壮阔的海景，Z小姐其实并不觉得这样的时光美好，但她何必觉得美好呢，只要在社交媒体上发照片，就能被无数人点赞，那种暗爽得意的感觉不是更好？

富二代男人那段时间对她很够意思。但等他腻了，出轨的速度也相当快。Z小姐很快发现了。质问他，他却满不在乎，一副“你要花我的钱就给我闭嘴”的态度。Z小姐自然想花他的钱，但这样忍气吞声，实在太失尊严。Z小姐自问还没有贱到这种地步。

和他分了手，直接结果就是上下班没有人接送，没有人开豪车带她兜风、购物，晚上不再有夜生活。

Z小姐一下子适应不了。

有一天下班，她挤在沙丁鱼罐头一样的地铁里回家，下车时，不知被谁一推，高跟鞋挤掉了。在穿梭不息的人潮里，她逆流而上找自己的鞋子。终于发现那只鞋时，发现鞋子已被人踩得变了形。

Z小姐的眼泪当时就下来了。她想自己到底为什么过着这样的生活。

回头再去找他？或者再找一个愿意为她花钱的有钱男人？只要她肯委屈自己，或许也并不难。但Z小姐不想再这么做了。

万一再被甩呢？

绝对不要再重复有豪车接送和挤地铁的恶性循环，她要靠自己的努力，和这个城市的高峰期地铁告别。

下定决心的Z小姐，花了整整12年时间，终于让自己过上了随时可以买奢侈品，随时可以出国度假的生活。

在这12年间，她从一名普通的白领升至部门主管，再升职为市场总监，勤恳辛苦地一步步走过来，终于可以站在众人面前，单纯地只为自己骄傲。

当她开着属于自己的车上下班时，才意识到当年那个想要坐豪车，想要被人羡慕的年轻女孩，有多么幼稚。

不属于自己的东西，要来有什么用？

即使住过太平洋海边的五星级酒店，看过那样美的海景，如今回想起来，Z小姐也并不觉得留恋。

“面朝大海，春暖花开”，浪漫吗，珍贵吗？她不觉得浪漫，也不觉得珍贵，因为并没有一个真心爱的人在身边，让她可以和他在天与海之间十指相扣，从此一起走过四季。

后来，Z小姐听说，当年带她一起去看海的富二代，由于老爸的生意出了差错，境遇已经大不如前了，如今在某家公司的销售部努力工作赚钱。

你看，每个人最终都要醒悟，靠自己双手得来的东西，才不会轻易失去。

岁月神偷

“在幻变的生命里，岁月，原是最大的小偷……”

这是电影《岁月神偷》结尾时，出现的字幕。

电影中进二的奶奶曾说，如若你肯放弃所有心爱的东西，把它全部扔进苦海，将苦海填满，就可以和你的亲人重逢。于是，进二得知哥哥生病后，便开始偷所有他爱的东西，一只夜光杯，一面英国国旗，一个孙悟空模型，等等。

终有一天，他来到海边，将自己拥有的冯宝宝图片、头上的金鱼缸，以及那些偷来的东西，一件件丢进海里。然而，苦海终究没有被填满，哥哥也没有回来。

进二偷了所有能为哥哥偷的东西，却唯独偷不走时间。

我们费尽心机挽留时间，但该走的终究是要走的，挽留不过是徒劳而已。最终，我们只得眼睁睁看着岁月带走我们的青春，带走我们的幸福，也带走我们身边的人。

时间都去哪儿了？

村上春树说：“我一直以为人是慢慢变老的，其实不是，人是一瞬间变老的。”

下楼时，邻家的小妹妹没有甜甜地叫你一声“姐姐”，而是叫了一声“阿姨”，瞬间你感觉自己老了；收拾屋子时，你再也不像以前那样扔旧东西，瞬间你感觉自己老了；下班后坐地铁回家时，看到穿校服的学生都在看偶像剧，而自己正在津津有味看一部家庭肥皂剧，瞬间你感觉自己老了。

这瞬间的感觉，让你茫然失措，却又不得不面对这个令人尴尬的现实。

5年之前，我和大学宿舍姐妹小楼，窝在一个被窝里看电影《岁月神偷》。看完之后，我们唯一的感觉是，饰演进一的李治廷和王力宏长得真像。那时，我们听流行歌曲，说话爱夹杂几个当下流行的网络时髦词，迷恋新鲜事物，偶尔逃课。

5年之后，闲来无事的周末，我又重温了这部电影。看完之后，我没有否认李治廷和王力宏的相像，但这已不是我所关注的重点。看到结尾出现的字幕，我没有落泪如雨，但心却生生疼了。时间这妙手神偷的功力，令我猝不及防。

我们从来不知道过去的时间，打包寄存在了哪里。但我们固执地认为，它定然在故地留下了些许痕迹。有了这个念想，我决定回母校看看。幸然，母校与我工作的城市相隔并不远，两天的时间，足够打个来回。

在火车上，最能读懂人生百态。坐在我对面的中年妇女，骄傲地说着她那优秀的儿子，考上了北大；坐在我左边的女孩，打着情意缠绵的电话。她们是两种不同的人生状态，或许女孩瞧不上大妈永远围着孩子转的唠叨，大妈也看不中女孩那嗲声嗲气的矫情劲儿，但谁又能否认时间终会让她们达成和解？

教学楼前的那棵老树，又长出了新芽；图书馆前的那片园林，又开了新花；篮球架的少年，追着风奔跑。

青春很薄，风一吹，我们就走散。

所谓的永恒，只属于年少轻狂的岁月。

走出学校，因为时间还早，便走到大学时常常去的那家书店。书店里的格局没有太多的改变，以前我总爱游荡在情爱小说区域。这一次，我却径直走到心灵与知性区域。正当我浏览书目时，眼角余光忽然瞥到左侧那个人。我转过头时，她碰巧也正盯着我，我们在认出彼此那一刻，不禁感谢命运的安排。

大学时，我曾在校报编辑部实习过，她是编辑部主任。我们各自从书架上抽出一本书，走到空位上坐下来。

书店门侧的桃树，似比前些年更壮了些，满枝的桃花探到窗前。微风起时，花香混着书香，以及时光之香，丝丝缕缕弥散开来。

在编辑部实习时，因她整天以教导主任般的高姿态，数落我们没有编辑常识，我们从不叫她“陈老师”，而叫她“陈妈”。清风翻书，陈妈絮絮叨叨说起编辑部的事情。每年编辑部都会招一些实习生，新进来的人写新闻稿时，错别字一大堆，“的”与“地”不分，全篇不知所云，故弄玄虚，甚至连散文都算不上。

我听着这些话，“扑哧”一声笑了。从前我又何尝不是这样，当被批评要写一个新闻稿要直言其事时，我总认为那样的文章没有美感；当被告诫下次不要出现错别字时，我却认为不拘小节才有大者风范。

陈妈问起我的工作，我笑着告诉她，我在一家出版公司工作，正忙着告诉新入职的年轻人写稿子时不要有错别字，要分清“的”和“地”，要言之有物。

我以为陈妈听完我的话后会大声嘲笑我说，你也有这么一天，但她只是一脸平静地说：“你长大了，我老了。时间比钱还不经花。”

火车站人山人海。毕业时，我怀着满腔的愿望坐上火车，没有让任何人送我，也没有流一滴眼泪。此刻，我在陈妈的注视下，一步步走进候车厅，始终不敢回头。

回到北京后，我给小楼打了电话，告诉她我最近重温了《岁月神偷》，告诉她我回了一趟母校，还遇见了经常教训我们的陈妈。

电话那边传来很小的哭泣声。窗外下起了小雨。

走散之后，我们各自踏上了没有终点的路。我们都在长大，都渐渐学会如何承受生命之轻，如何背负生命之重。只是，身体的苍老，并不代表心灵的苍老。

岁月偷走了一切可以偷走的东西，但岁月还是给我留下了回忆，也留下了情。

这个世界，大得随处都是自由

中午12点，我来到全家便利店，拿起一份已经热好的快餐

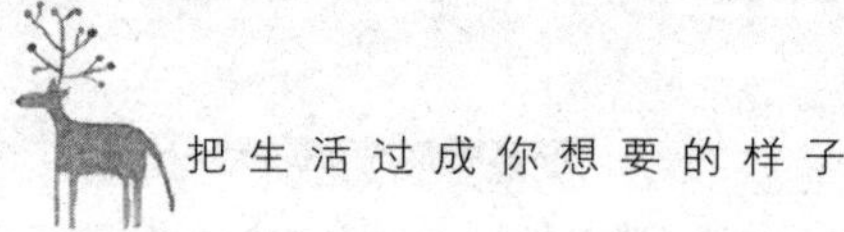

饭盒，扫码付款，在二楼找个位置坐下，开始边刷朋友圈边吃饭。

不出意料，老卢又开始刷屏了。算了下，美国那边的时间应该是晚上11点，他一定是又暴走一天然后兴奋得睡不着，来虐我们这种“上班狗”了。

仔细看了下，全是照片，波音飞行器博物馆、挑高像教堂一样的火车站、在单轨列车站里的机器人指示标识、教演化论的教会大学……最好玩的是，家里摆满各种别致小物点缀，十分有品位的邻居家，却在吧台上贴着毛主席画像。

最新的一条朋友圈，是9张风景图，有全玻璃幕墙的建筑，因为过曝，幕墙上倒映出来的云彩呈现出绚丽无比的奇观，露红烟紫，斑驳陆离；有飞过双子楼的海鸥和私人小飞机；有直插云霄的洛可可风格柱子；有紫红色的塔吊、漆红色的邮局和白色的萨摩耶犬。最吸引眼球的并不是这些，而是，蓝天。

蓝天蓝到什么程度呢？

老卢跟我说，曾经他在南方某个人烟稀少的海岛，坐在躺椅上闭着眼睛听海声，感受海风穿过身体，沉沉睡去，醒来像是充满电一样，浑身都充满力量，就是看到那种蓝的感觉：深邃、纯净、醉人，像是有着极大的能量将你的眼睛、身心吸引，一点儿都不夸张。

“早上8点从城郊到市中心的列车，不用定位子，就算乘客密度达到最高峰，车厢里才坐了不到1/2的人。”

“很惊讶，这里的鸡蛋居然是受精的。莫非是小农场出产？然则小农场如何保证低价？”

“镇政府和警察局边上的滑板公园，没有人讨薪，也几乎没人玩，但饮用水还是一直供应，真浪费。”

“专为健步者和自行车锻炼者修的十公里长的道路，机动车不许进入，很安静，景色漂亮。所以，美国的大妈不跳广场舞。”

“把学生送到家的校车，无所谓什么车站，要停就停。上下学生的时候前后的灯亮，边上的车必须停。”

“塞斯纳原来非常安静。当然可能和森林的吸音作用有关，几乎注意不到。”

“美国群众热爱装饰后院，其实是有着强大的物质基础的。花店普及，种植容易，工业化和商业化程度高，一分钟移栽。”

“后院的灰松鼠，名字叫Itchy，喂它花生。另一种红松鼠不近人。”

“维港唐人街大门极好吃的中餐馆，老板人超好，中国人以及当地印第安人首领都喜欢他。”

……

我几乎能感受到电脑屏幕另一头的老卢，轻松又快乐地敲下这些字。

37岁，未婚，无女友，无房，国企出版社编辑。简单几个词，你应该可以明白老卢在上海这座城市的压力。

老卢喜欢游泳，我们建议他留意下身材好的姑娘，直接上

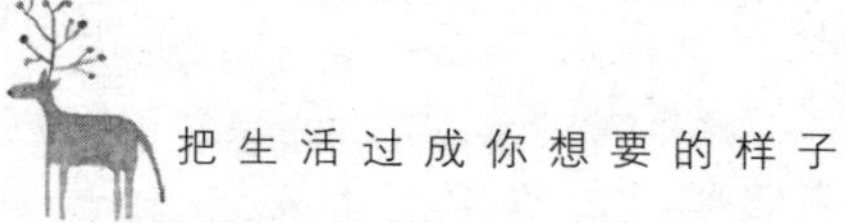

前搭讪。老卢就腼腆地摆摆手：我哪敢上前，就算过去了，我肯定也紧张得说不出话来。

老卢是工作狂，经常晚上10点还在办公室编稿，我们建议他把握好机会，拿下社里新来的那个年轻美编，他轻描淡写地说，人家是90后，跟咱没共同话题，而且你们看看她做的设计，根本上不了台面，我要跟她在一起，肯定天天气不过。

我们撺掇朋友给老卢介绍相亲对象，刚开始他还挺积极，去之前都好好梳理打扮一番，还各种征求我们的意见，后来他索性不去了，再问，就说，每个人一见面就问家里经济情况，我不想再去丢这个脸……

再后来大家也就不积极替他操心了，见面就调侃他，什么时候出柜？

老卢心态倒也还好，除了老是因为自己经济能力不好而在找对象这件事上自卑，简直是健康生活的模板：定期健身，早睡早起，不酗酒不抽烟，按照食谱定量投喂（自己）。

人也踏实靠谱，社长一直都很欣赏他，无奈出版社工资实在有限，就算升了一点小职，也只不过奖金多了几百块钱，生活还得紧着指缝过。

这样一个生活、工作都中规中矩的人，怎么就突发奇想要请3个月的假，到美国自费度假呢？我问他，领导肯放你走那么久？老卢“哼”了一声：“我给他把杂志做到4个月之后了，还不要一分钱工资，他其实是赚了。”

“那，你为什么想要去美国玩那么久？”

老卢沉默了一会儿，说：“有一天，我加完班，一看时间还比较早，就想赶紧回家做点翻译兼职，补点家用。晚上9点半的地铁，小学四年级的小朋友趴在大大的书包上做数学口算题，穿西装的年轻人抱着电脑包倚在柱子上打盹，随着车晃动而东倒西歪，扎着马尾穿着不合年龄套装的女孩一手抓着吊环一手抓着手机背单词。”

我突然明白了老卢的意思。

这个城市，每个人都很努力，你也很努力，但是你努力的方向是什么？有人为了赚钱养家，有人为了升职加薪，有人为了享受生活，有人为了摆脱贫困，有人为了爱情……

“有人什么都不知道，就像我。”老卢叹了口气，“买房？不够。娶媳妇？娶不起。买车？有代步就够了。我有一笔钱，但是又不太多，算了下，朋友提供住宿，节省点，3个月的花费其实和国内旅游差不多。这单位也待够了，不如出去走走。”

故事里说，龙猫大吼一声，软软萌萌大眼睛的猫车就会缓缓开过来。坐上猫车，我们就能抵达内心想去的地方，它的眼睛如炬，可以照亮前路的迷雾。

老卢心里的那声叫唤，大概来自某个艳阳天的下午，看稿看得眼睛发酸，伸个懒腰望向窗外，刚好一队小学生经过，有说有笑，又唱又跳，像是去春游的路上。突然，一个穿校服的小女孩仰着头指着天大喊：“快看，天好蓝啊！”

路上所有人都停下来，望向天空，孩子们认真地张大嘴巴，眼里是闪着兴奋的光芒。时间仿佛在那一瞬间停止了流动，老卢也抬起头看了看，不知怎么想起了美国小说家詹姆斯·索特在《光年》中的句子：

“人生如天气，有阴有晴，人生如飨宴，在蓝格子桌布上大享午餐，尽情撒盐。”

在很小的时候，我们也像那些未谙世事的孩子一样，被这世上的美景轻易打动。而当我们逐渐长大，吃饭是敷衍的事情，工作是敷衍的事情，连生活，也带上了几分敷衍的意味。

世界那么大，你想去看看？

有阵子，网上流行一个段子，你花一个厨房的钱，就可以把世界周游一圈了。但是，立马有反对派跳出来：回来还不是要照样面对房贷车贷、被繁重的工作压得喘不过气？有句话说得好，钱包那么小，哪都去不了。

我仍然觉得，既然生活不如意，那不妨先弃它而去，不管回来后生活是否还是充满着各种压力，但是肯定和之前不一样。你一定不再以为，自己一辈子就只能窝在那个角落了。你因此学会了如何调节自己那些糟情绪，你开始可以在工作之外花时间照料自己，你知道了生活居然有那么多种可能性，而你都可以去试试。

你的梦想都不一样了。

你蘸点盐，就能在蓝天这块大桌布上大快朵颐。而这个世界，大得随处都是自由。

认真地老去

年轻时，我们最不缺的是梦想。

老去时，我们最不缺的是年轻时未曾实现的梦想。

一个愿望的成型，有时只用了1秒钟。一个愿望的遗忘，也可能是在不经意间。老态龙钟地躺在轮椅，或是病床上，以苦涩的药物维持生命时，人们才恍然明白，什么是自己最想要的。

有人说，那时为时已晚，但始终留在心底的那个愿望，永远不会嫌你行动得太迟。未曾认真年轻过的人，最该为自己认真地老去。

周末，除却与朋友在各种格子铺里闲逛来消磨时光，我时常一人窝在家中的沙发上看老电影。一部片子，一个完整的故事，常常赚足我的眼泪。倒不是说故事本身有多吸引人，而是看电影这种方式，往往让我忘却当前的境遇，置身于一种理想的时空中。

尽管听朋友说《给朱丽叶的信》剧情很老套，还是决定找来看。一幅别具风情的古典油画，以及一首温婉柔和的《You got me》，为这部电影奏响了浪漫序曲。

意大利维罗纳小镇，有一堵“罗密欧与朱丽叶”的许愿墙，凡是有关爱情的絮语，皆可写于其上。索菲与未婚夫来到此地，想要写下只言片语时，却意外地发现了压在石缝里的一封尘封了50年的信笺。

信笺的主人是一位50年前来到此地的英国姑娘，她与一位热情的男子相识并相恋，并相约某一天两人要携手共度余生。然而，她没有勇气放下所拥有的一切，只得把那份爱恋藏在心里，自此之后再未与那位男子相见。就这样，他们各自结婚生子，消失在茫茫人海。

索菲未经思量便给她写了回信，唤醒了她的旧梦，与她一起开启了寻找真爱的旅程。

几乎每个人都害怕老去，头发花白，牙齿松动，药不离身，医院为家，甚至多活一秒都是奢侈，至于那偶尔在脑中迸现的梦想灵光，更是比流星消殒得还快。

这样的生活，恐怕是所有人的噩梦。即便有人腿脚灵快，耳聪目明，心灵怕也是日益变为断壁残垣。陪伴自己细数从前时光的人唯有自己，愿听自己唠叨那些前尘旧梦的人唯有自己，就连相信自己还有梦想的人，也只剩自己。

内心的孤独与寂寞，如同蠹虫一样侵蚀身心的每一个部位。此时，与其坐以待毙地等着死神前来索命，倒不如豁出去启动梦想按钮。

在《写给朱丽叶的信》中，那位英国姑娘已过花甲之年，如若不是收到那封跨越千山万水，字里行间满是鼓励的信笺，她定然会蜷缩在角落，任衰老之后的孤独感与衰颓感，一寸寸吞噬她所剩无几的尘世时光。

当她重拾勇气，决定走出家门，去梦开始的地方寻找旧日的恋人时，如水般流逝的时光终于不再残忍，积存在内心深处的遗憾也终于被温柔地原谅，老去也并不是那么可怕的事情。

想必你也想象过自己老去的样子吧。

脸上满是皱纹，肌肤不再紧致，令人艳羡的一头乌发变为银丝，尽管没人愿意听，自己依旧唠叨不停。

这些都无人幸免，但有人活得如一杯白开水，而有人则有本事过得如一杯颇有余味的咖啡。为何？是因前者无梦，后者有梦吗？恐怕不是。其中的分水岭，当是后者敢于拖着干瘪的身躯，踏上为饱满的梦想而活的旅途。至于最终实现与否，都不再重要。

老去之后，行动不便时，人们是为什么活下去？是为活得更长，是为眷恋与不舍，还是为最终的离开？

5位老人，平均年龄86岁，一位重听，一位癌症，三位有心脏病。相聚在一起时，餐桌上除却饭菜，还有往日好友的遗像。彼时，他们有两种选择，或是无所事事，把时间一滴滴耗尽；或是与所有人的思维逆向而行，做一次华丽的冒险。

既然无论怎样都逃不出死神的手掌，何不让那颗微弱的心脏，为想做却未能做的事而跳动；既然眼前的路越走越窄，何不调头换一条路试试。

于是，他们五个人撕掉医生的诊断书，扔掉药丸与拐杖，高强度锻炼6个月后，开始了骑摩托环岛旅行。当他们骑到多年前常去的海边，举着妻子与朋友的遗照欢呼时，他们终于获得了命运给予的答案：

为梦而活。

后来，这段真实的故事，被搬上银屏，取名为《梦骑士》，让无论是握着青春尾巴的年轻人，还是身体机能逐渐退化的老年人，皆深受感动。但我想，银屏前的我们更多的是震撼。

我们身边也有老人，他们也曾说过要去实现自己年轻时未实现的梦想，而我们则生怕他们中途发生意外，非但未给予任何支持，反而以千般恐吓、万般阻拦回应。

可是，你我也有老去那一天，那时手掌里的纹路已然不可信，唯有借用手掌里的力量，才能够让人生最后的征程，不至于凉薄至荒芜。

所以，不要阻拦他们。即便死亡，也要死得有意义，有尊严。